蕙馨斋 著

上

北京出版集团
北京出版社

图书在版编目（CIP）数据

贾琏传：全2册 / 蕙馨斋著. — 北京：北京出版社，2021.2
ISBN 978-7-200-16066-6

Ⅰ.①贾… Ⅱ.①蕙… Ⅲ.①《红楼梦》人物—人物研究 Ⅳ.①I207.411

中国版本图书馆CIP数据核字（2020）第239992号

责任编辑：张晨光
装帧设计：思梵星尚
责任印制：宋 超

贾琏传（上）
JIA LIAN ZHUAN

蕙馨斋 著

*

北 京 出 版 集 团
北 京 出 版 社　出版

（北京北三环中路6号）
邮政编码：100120

网　　　　址：www.bph.com.cn
北 京 出 版 集 团 总 发 行
新 华 书 店 经 销
北京汇瑞嘉合文化发展有限公司印刷

*

889毫米×1194毫米　32开本　19.5印张　548千字
2021年2月第1版　2021年2月第1次印刷
ISBN 978-7-200-16066-6
定价：80.00元（全2册）
如有印装质量问题，由本社负责调换
质量监督电话：010-58572393

作者简介

蕙馨斋，原名程静，现旅居法国，已出版《漫品红楼》《一丈红绫》《万丈红尘》《探春传》等作品。

蕙馨斋

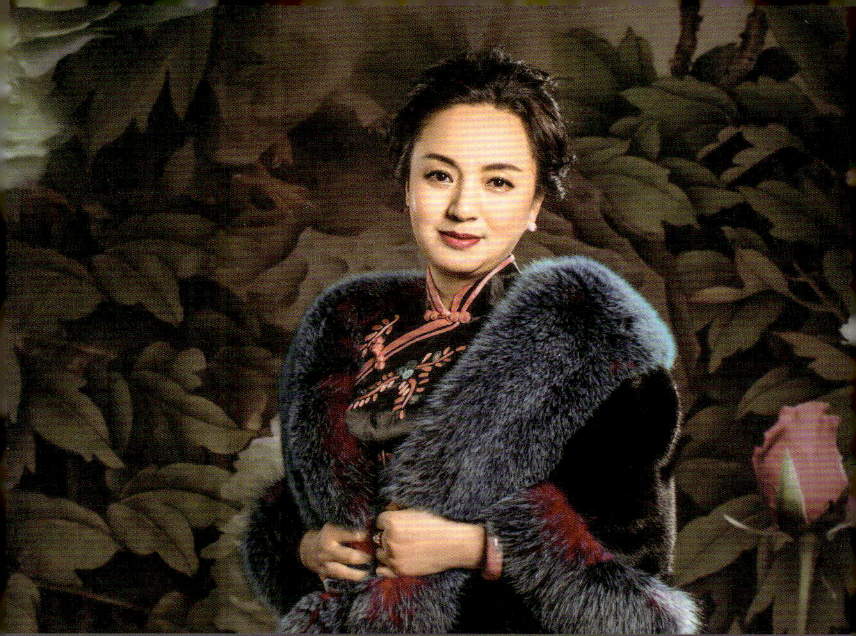

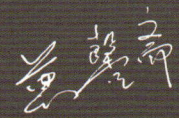

前言

自从写完《漫品红楼》，便始终觉得意犹未尽，可是又不愿意盯着前八十回反复咀嚼，写出一堆宛如老太太裹脚布一般的文字来，这样做实在是无趣得很。思来想去，有心续它个四十回过把瘾，却又心下忐忑，明知必然是狗尾续貂又何必自讨没趣呢？纠结了很久，不知怎么有一天竟豁然开朗。这《红楼梦》谁都知道宝黛之恋这条明线不过是个幌子，那条时隐时现的暗线所牵扯的事件才是曹公欲说还休的。既然如此，不如将这条暗线拎出来，以贾琏之名加以串联，因为贾琏恰是宁、荣二府与外界联络的那条主线。无论是四大家族之间的内部联系，还是和官场同僚们的外部联络，贾琏都是那个具体操作者，而且由于王熙凤的关系，贾琏的权限同时又可延伸进内宅，通过内宅琐事折射外部大环境的变迁。因此才斗胆写了这本《贾琏传》，将平时读《红楼梦》的一些心得融汇其中，同时也将《漫品红楼》中的某些猜想落到实处，算是圆了自己的一个心愿吧！

虽说仍有诸多未尽之言,且留待日后为书中他人立传之时再说吧。毕竟将大鱼小虾全都拿来一个锅里炖了,反而不美。不知读者诸君以为然否?

有同道中人,欢迎指正,先谢啦!

目录

第一回　捉迷藏贾琏知秘事
　　　　庆生辰凤姐翻醋波　/1

第二回　邀人心平儿成通房
　　　　去心火如意乱配郎　/19

第三回　失娘亲林黛玉入府
　　　　送宫花薛宝钗落选　/32

第四回　闻噩耗黛玉悲归省
　　　　蒙圣恩元春喜获封　/41

第五回　皇恩浩荡元妃省亲
　　　　宠爱有加贾琏庆生　/51

第六回　赵姨娘失算魇魔法
　　　　薛文龙配成天王丹　/64

第七回　贾雨村谄媚寻宝扇
　　　　贾宝玉受陷遭杖笞　/72

第八回	遇村妪巧姐儿得名 打野食鲍二家丧命	/79
第九回	有眼无珠薛蟠被揍 天良未泯贾琏挨打	/88
第十回	染暗疾凤姐荐平儿 不了情贾琏祭尤氏	/98
第十一回	车水马龙贾母寿诞 外强中干贾琏借当	/109
第十二回	王夫人抄捡大观园 薛文龙错娶河东狮	/119
第十三回	薛虬邢岫烟成佳偶 贾芸林红玉配成双	/130
第十四回	榴花开贾元妃结子 乔装扮甄宝玉避难	/139
第十五回	遭荼毒迎春赴黄泉 被查处史侯陷囹圄	/152
第十六回	心怀鬼胎孙家送礼 见钱眼开贾赦噤声	/161
第十七回	南安太妃偷梁换柱 贾府千金和亲安邦	/169

第十八回	贾元妃魂断铁网山 贾惜春出家水月庵	/180
第十九回	未雨绸缪偷运体己 趋炎附势各显神通	/193
第二十回	冷子兴鉴宝泄内情 贾雨村献礼换门庭	/203
第二十一回	起刀兵问罪王子腾 巧调包用计王夫人	/214
第二十二回	知原委贾母驾鹤游 怜孤女太妃忆前尘	/226
第二十三回	薛姨妈庆生林黛玉 贾雨村邀好忠顺王	/243
第二十四回	夏金桂纠缠薛文龙 林黛玉初会北静王	/256
第二十五回	北静王喜获林黛玉 卫若兰求娶史湘云	/267
第二十六回	涉世未深贾环泄密 机关算尽凤姐落网	/279
第二十七回	忽喇喇大厦将欲倾 荡悠悠富贵随风逝	/292

第二十八回	翻旧账薛文龙入狱 游故地三美人感怀	/307
第二十九回	夏金桂任性枉送命 夏老太衔恨暗筹谋	/319
第三十回	山雨欲来各寻出路 大厦将倾在劫难逃	/330
第三十一回	栊翠庵妙玉陷泥垢 狱神庙囚徒无贵贱	/341
第三十二回	了尘缘神瑛归赤瑕 断凡念绛珠返太虚	/355
第三十三回	念旧情宝钗救忠仆 感时艰平儿怀故主	/364
第三十四回	得月楼王仁遇贾芹 梨香院赵氏欺凤姐	/376
第三十五回	赵姨娘母子得报应 贾巧姐主仆遭算计	/390
第三十六回	势败偏遇歹毒狠舅 家亡又逢爱钱奸兄	/401
第三十七回	不舍金银难积阴鸷 不忘恩情求报功德	/413

第三十八回	刘姥姥动用棺材本 贾芸哥谋求高利贷	/426
第三十九回	得好报王板儿成婚 蒙圣恩贾二爷还乡	/440
第四十回	狭路相逢贾琏报仇 冤家路窄王仁殒命	/452
第四十一回	退妆奁贾琏脱困境 闻喜讯姨妈自做媒	/467
第四十二回	做法事尤氏度亡灵 勘旧错李纨做人情	/481
第四十三回	续前缘金锁配宝玉 祭旧情木石成永隔	/496
第四十四回	分余财贾琏归故里 争闲气薛蟠枉送命	/514
第四十五回	心灰意冷宝钗自尽 一往情深喜鸾成亲	/529
第四十六回	贾宝玉出家圆通寺 妙大师葬身瓜洲渡	/546
第四十七回	喜出望外平儿有孕 出乎意料贾兰中举	/567

第四十八回	访故交贾琏巧运作 搏富贵叔侄赴西北	/578
第四十九回	贾琏献簪取悦太妃 水溶寄书助功贾兰	/591
第五十回	紫薇舍人世事循环 镇海将军功成名就	/602
后　记		/616

第一回

捉迷藏贾琏知秘事
庆生辰凤姐翻醋波

"哎呀！蓉哥儿，叫我这一顿好找！"贾蓉的奶妈子边说边拍打着贾蓉身上的灰土，"哥儿，你可体贴着我们点吧，这天天的，别总胡钻乱窜、上树爬墙的，成天弄得这么黑眉乌嘴的，一会子太太瞧见了，我又该挨骂了！"边数落边拖着贾蓉往园外走。

"你放开我，放开我。"贾蓉一边挣扎一边恨声道，"回回我找不着二叔都怨你。"

几个丫鬟迎面走来，贾蓉的奶妈子赶紧叫道："快快快，你们几个别再找啦，这儿呢！快过来帮忙。"几个小丫鬟赶紧应声跑过来，一拥而上，和奶妈子一起连哄带吓把贾蓉弄走了。

贾琏躲在祖母内室大炕侧面的柜子里，竖着耳朵听外头的动静，先是听见贾蓉在外头高声地喊自己，接着又听他在内室门口小声地叫道:"二叔,二叔,你在哪儿呢?"贾琏捂着嘴偷笑,一声不吭。贾蓉见没人回答,又往别处寻去了。

贾琏窝在一堆衣裳里头,软软乎乎的,不知不觉竟睡着了。也不知过了多久,他蜷得难受,便醒了过来,愣了会子神,才想起自己和贾蓉捉迷藏,躲在柜子里呢。他迷迷瞪瞪地刚想推门出去,忽然听见外头仿佛有东府里敬二老爷说话的声音,便悄悄将柜门推开一条缝向外头望去,恰看见贾敬、贾珍父子跪在地上,正对着大炕上坐着的祖母。

贾琏吓得立刻清醒了,捂着嘴巴,大气也不敢出。

"千错万错,都是侄儿的错,如今大错已然铸成,悔之晚矣!侄儿并不敢求婶子宽恕,只求婶子可怜稚子无辜。"贾敬磕头如捣蒜,"万望婶子垂怜!"

贾珍怀抱一名小小婴孩,垂首跪在一旁,一言不发。那婴孩亦是寂静无声。

"等发完丧,侄儿便上奏朝廷,将这爵位让与珍哥儿,我便去城外道观静修赎罪。"贾敬伏在地上哀告道,"两府如今便只剩下婶子一位老祖宗了,婶子若不救我,侄儿便只有死路一条了。"

贾珍闻言垂泪道:"还求老祖宗垂怜!"

贾母亦垂泪道:"你父子先起来。这孩子便留在我这儿同着迎丫头、探丫头一处养着吧。"

贾敬、贾珍并不敢这就起身,依旧跪在地上。贾珍道:"孙子这就安排照顾这孩子的人手。老祖宗看还需要什么,只管吩咐,孙子这就照办。"

贾母皱眉,摆摆手道:"我既要了这孩子,难道还短了照顾她的人不成?"

"是是是。"贾敬、贾珍连声应诺。

"这孩子可有名字了?"贾母问道。

贾珍偷偷瞥了一眼贾敬,见他垂着头不作声,犹豫了一下小声道:"还没来得及取名呢,落地便抱来见老祖宗了,便求老祖宗赏她个名字吧。"

"唉!"贾母轻轻叹了口气道,"抱过来我瞧瞧。"贾珍闻言连忙膝行至炕前,跪到脚踏上,将手里的孩子捧到贾母面前。贾母俯身接过孩子,仔细端详了一番,点头叹息道:"倒是个清秀的好孩子!可惜……便随了她们姐妹吧,就叫惜春如何?"

"好好好。"贾珍父子连连点头。

"你们快都去吧。这太太暴毙,少不了要有闲话,丧仪之类的就别太张扬了。"贾母挥挥手道。

贾敬、贾珍答应了声"是",这才起身,低头垂手退了出去。

贾母随即叫人进来,将孩子抱了出去,又吩咐了一番如何安置丫头、奶妈子,才安排妥当,便听见外头云板连叩四下,有丫鬟进来禀道:"东府里太太没了。"

贾琏闻言打了个寒噤。紧接着那云板又连叩了四下,又有丫鬟急忙来报:"东府里奶奶没了。"贾琏闻言忍不住又打了个寒噤,躲在柜子里一动也不敢动。

"什么?混账东西!到底是奶奶还是太太没了?一句话都说不明白么?"贾母呵斥道。

"回老太太话,先是太太没了,这回是奶奶没了。"

贾母闻言愣了一会儿道:"更衣。我看看去。"

贾琏听着外头静悄悄声息全无,估计一屋子的人都随了贾母过宁府去了,这才悄悄爬出来,一溜烟跑了出去,不想迎头撞见父亲贾赦。自从母亲因思念哥哥贾瑚病逝后,贾琏便一直跟着贾母一处,难得见到父亲,因此心中对他十分畏惧。那贾赦看他一路慌里慌张,一声断喝:"站住!"吓得贾琏赶紧刹住脚,垂手立在道边。

"慌慌张张,干什么呢?"贾赦喝问道。

贾琏犹豫了一下道："因听见说东府里太太和大嫂子都没了，所以急着过去看看。"

贾赦听了"唔"了一声，又问道："老太太呢？可过去了没？我有事寻她。"

"老太太已去了。"贾琏垂首答道。

"那你便随我一同过去吧，我也正要过去看看。"贾赦板着脸道，忽又想起什么，转头看了看四周，"跟你的人呢？全死了？"正说着，便见贾琏房里的两个大丫头红蕊、绿萼火急火燎地奔了过来。一见贾琏正低头垂手跟在贾赦身后，两人吓得谁也不敢多话，行了礼便随贾琏一道跟在贾赦身后。早有贾琏日常随身的兴儿、昭儿等四个小厮在仪门口探头探脑，见贾赦在，赶紧上前行礼，悄悄同红蕊、绿萼二人交换了个眼色，此时哪里还敢提及方才翻江倒海寻贾琏的事，皆随了贾赦一同前往宁国府。

且不说宁府里如何发丧事宜，只说这贾赦找贾母原来是为了续弦的事情。那贾赦本来急着要续弦，不想贾敬之妻与贾珍之妻皆暴毙，虽说他不必为她们守什么孝，却也不便即刻成亲，只得向后拖了几个月，这才将邢氏娶进门来。因是续弦，所以也并未大办，不过是极亲近的本家、亲友们相邀来一聚，全了喜庆之意。那贾赦以续娶的邢氏乃是小门户人家，不太懂规矩，恐惹贾母烦恼为由，搬至别院居住，其实不过是自己想要自在为王而已。贾母心知肚明，也不说穿，由他去了。倒是那邢氏，虽是小门小户，却带了好大一份家私作为陪嫁，一心想要在夫家出头，因此日日想方设法要在贾母面前承欢。起初贾母因她比二儿媳妇王夫人健谈，倒也甚是喜欢，但日久天长，心性渐知，便渐渐地不大得意她了。

这邢夫人亦觉察到了贾母对自己日渐冷淡，心中不免焦虑，却又无计可施。这一日，她边往贾母那儿走，边暗自思忖对策，忽然隐隐听见假山后头贾琏说话的声音："你不如同我去东府里找珍大哥玩儿去，他那儿有意思。"邢夫人闻声放缓了脚步，欲听他与何人说话。

只听有个女孩子笑道："珍大哥哥如今都袭了爵了，还当了族长，哪里还会有闲工夫同我们一处瞎玩？！"听声音，邢夫人觉得有点像是王夫人的内侄女凤哥儿。

就听贾琏接着笑道："这你可就不知道了，如今顶数珍大哥最快活了，无拘无束，自在为王。"

"胡说，那珍大哥新娶的嫂子也不管他？"那女孩又笑道。

"尤氏哪里管得了他?!"

"怎么就管不了?自家爷们儿还有个管不了的?没用。"

"你有用,看你将来管你家爷们。"贾琏笑道,"你若不去,我便自己去了。"

"哎,你急什么?我又没说不去?等我回了姑妈一声再去。"

"你若回了太太,她还能让你跟着我跑东府里野去?"

"那好吧,我们去去就回。"果然是凤哥儿,只听她大声叫道,"平儿,你们几个留一个守在这儿,防备姑妈待会再着人来寻我们。若有人问起,便说我跟琏二哥到东府里看珍大嫂子去了,一会儿就回来。"

邢夫人听见这话,便放重了脚步。贾琏和凤哥儿闻声转过假山来,见是邢夫人,忙都上前行了礼。邢夫人笑道:"姐儿又来看你姑妈了?"

"是。"凤姐笑道,"正要去给大太太请安呢。"

"多谢你了,我正要去给老太太请安呢。你可去么?"

"刚从老太太那儿请了安来的,可巧遇着琏二哥,便想一同去给您老请安呢。"

"这倒是省了跑趟腿了,那你们就自便吧。"邢夫人笑道,"我便自去了。"

贾琏和凤哥儿候着邢夫人走远了,这才赶紧溜出了园子。

邢夫人边走边思忖,不由微微一笑,心中已得了主意。见了贾母问了安,正好王夫人也在,两人聊了几句,邢夫人便将话题扯到了贾琏身上:"琏哥儿今年也不小了,也该替他相一门亲事了。我心里倒是有个人,不知老太太和太太意下如何?"贾母心想她这样的出身,封诰这才几天的事,又能认识多好的人家?因此并未搭言。王夫人因她是嫂子,既问到自己,自然不好不接茬,只得客气道:"琏哥儿的婚事,有老太太、大老爷和大太太做主,自然是错不了的。"

"我相中的这个人,说出来保管老太太、太太都满意。"邢夫人笑道。

"琏哥儿还小,且再过两年,等回了他老子再说吧。"贾母淡淡道。

无奈邢夫人一心想要讨好贾母、示好王夫人,因此执意赔笑道:"老太太且听我说出人来再驳我可好?"

贾母只得淡淡一笑道:"那你便说来听听吧。"

"此人啊,远在天边,近在眼前。"邢夫人瞄了一眼王夫人笑道。王夫人此刻正眼观鼻鼻观心,端坐一旁。贾母见邢夫人卖关子,便有些不耐烦,眯着眼睛道:"我竟是有些乏了。"邢夫人吓得赶紧脱口道:"凤哥儿,凤哥儿如何?老太太您觉得凤哥儿如何?"贾母闻言瞄了王夫人一眼,正好王夫人闻言也望向贾母,二人不禁相视一笑。贾母笑道:"要说这凤丫头,聪明伶俐,人也生得风流俊俏,我倒真是欢喜得紧,只不知这丫头生辰八字如何,跟我们琏儿合不合?有没有许了人家?"

王夫人忙笑道:"人家应该是不曾许,只是这生辰八字我倒真记不清了,需得问她老子娘方知,我这就着人问去。"

"嗨,不急在这一时。"贾母笑道,"况且这样的事,咱们是男方,若真去问女方八字也必得郑郑重重地行事方可,不然岂不委屈了凤丫头了?!"王夫人和邢夫人皆连连称"是"。

贾琏与凤哥儿之事果然一约便成,亲上加亲,皆大欢喜。为着婚礼上好看,贾家特意花钱为贾琏捐了个正五品同知。一时间,贾、王两府人人开心,个个欢颜。只可怜那邢夫人原先自恃陪嫁丰厚,每每自高自傲,等凤哥儿过门,看了她那一副妆奁,这才知道什么叫作富贵,再一想当日王夫人出嫁更是王家鼎盛之时,那嫁妆更不知是怎样的豪奢了!如此一想,一下子便把素日那颗争强好胜的心直打到了谷底,再不敢于贾母面前与王夫人论短长了。好在王夫人一向沉稳,你敬我也罢,贬我也好,只任由你去,我却并不显露。贾母看在眼里,越发觉得王氏沉稳,便日益看重。内宅的大小事务从前皆由贾琏之母帮着打理,自她去世后便由王夫人主管内宅,然王夫人诸般事宜轻易不敢做主,依旧拿来请示贾母。如今贾母见王夫人堪用,自己便实实在在地往后退了,将王夫人推到了前头,那邢夫人自然并不敢多话。

且说那贾琏自与凤哥儿成亲后,少年夫妻,浓情蜜意,自不必细说。这凤哥儿又天生的能说会道,惯会奉迎,哄得贾母日日笑逐颜开,一时离不了她。贾琏便越发看重她了,百般宠爱,千般依顺,既不叫小名"凤哥儿",也不叫"凤姐",也不叫学名"熙凤",只以"奶奶"相称。底下诸人见状,更是"琏二奶奶"不离口,人人赶着奉承这二奶奶。没多少时日,这琏二奶奶王熙凤便不知不觉间日益骄矜起来。

三月初九乃是贾琏生日,那凤姐新婚头一年,便想好好地为贾琏操办一下,一来讨好贾琏,二来也显显自己的能耐;和贾母一说,贾母一向喜爱贾琏,岂有个不肯的?当下便吩咐邢、王二位夫人都不许拘着她,无论用人、用钱还是用物皆尽着她的心意,让她任意挥洒,务要办得热闹、好看。

那凤姐得了贾母这话,暗自思量:"我若花了公中一堆钱,便办得再花团锦簇,也显不出我的本事!我只用我自己娘家的陪嫁之物做装饰,使我自己的陪嫁丫头和陪房的,实在人手不够再借姑妈的陪房一用,也尽够了。这才叫他们从此皆不敢小看我们姑侄。"主意打定,凤姐提前几天便点兵派将,张罗开来。

正日这天,凤姐一早上起来便忙着一通安排,说得口干舌燥,才坐下来想喝口水歇口气,却听得外头一片声吵了起来,便让陪嫁的丫头平儿出去看看是怎么回事。平儿出去不一会儿便跑进来回道:"不好了,二奶奶,咱家大老爷给的那只镶金边琉璃盒打碎了。"

"什么?"凤姐"忽啦"一下子站了起来,"那可是当今圣上御赐的西洋宝贝。"说着三步两步跨出小厅,只见外头倒厅里自己的陪嫁丫头吉祥儿正和贾琏房里原先的大丫头红蕊两个争得面红耳赤。一见凤姐来了,吉祥儿吓得赶紧跪到地上,红蕊犹豫了一下,不得已只得跟着也跪了下来。吉祥儿道:"我原拿得好好的,红蕊姐姐非要抢过去看。"

"胡说,我几时抢了?"红蕊争辩道,"我不过就着你的手上看看罢了,分明是你自己不留神,绊了脚下的门槛子摔了。"那红蕊、绿萼原本都是贾琏房中人,素日里瓶瓶罐罐的也不知打碎了多少,贾琏何尝说过她们半句?!因此两人并未将这琉璃盒放在心上,嘴里忍不住又嘟囔了两句:"什么宝贝?我还非得抢着看?"

那凤姐本就对红蕊、绿萼憋了一肚子无名火,今听红蕊这么一说,顿时火冒三丈。她刚要发作,却不料绿萼一旁插嘴道:"今儿是二爷的好日子,奶奶也犯不上为这点子小事生气。碎都碎了,便取个好彩头吧,岁岁平安。"凤姐气得肝儿都发颤,未及发作,恰贾琏一步跨了进来,见红蕊跪在地上,便问道:"怎么了?"那红蕊抬头便想答话,被凤姐一声冷笑给吓得止住了。"哼!"凤姐竖起一双丹凤眼,冷笑道,"我竟不知道天下还有这样的规矩，主子还没说一句话，奴才倒先全支使完了。"

绿萼闻言忙赔笑道："是奴婢多嘴了，奴婢只是想着，今儿是爷的好日子，不过是只琉璃盒，吉祥儿也不是成心的，奶奶犯不上为着这么点子小事生气，坏了兴致。"

"坏了兴致？坏了谁的兴致？"凤姐扭头望着绿萼厉声问道。

"奴婢是怕坏了二爷和奶奶的兴致。"绿萼吓得"扑通"跪到地上。

"不是我。"吉祥儿委屈地哭道，"是红蕊姐姐抢着要看才打了的。"

"你别胡说，我几时抢了？什么稀罕物件，谁没见过啊！"红蕊见贾琏来了，越发理直气壮。

"行了，什么了不得的大事？！都起来出去做事去吧。"贾琏见凤姐气得浑身打颤，上前笑道，"她们也必不是存心故意的，二奶奶别为着她们气坏了自己的千金贵体呢。快让她们都滚出去吧，省得支在你眼面前惹你生气呢。"

"是吗？"凤姐不依不饶道，"那二爷以为多大的事叫大事呢？"

"好好好，你说是大事就是大事，好了吧？"贾琏赔笑道，转脸对绿萼道："你去把我那个九龙佩找出来，我今儿要戴。"

"哼！"凤姐冷笑道，"绿萼去给二爷找九龙佩，红蕊是不是要去给二爷找汗巾子呀？"贾琏一时语塞，凤姐接着冷笑道："爷的人我管不了，我的人我可不能不管。来人！"凤姐指着吉祥儿厉声道，"把这个不知死活、没有尊卑的狗奴才给我拖出去活活打死。"

凤姐的陪房来旺家的带了两个婆子应声进来，将吉祥儿拖了出去。吉祥儿吓得杀猪似的高声呼叫告饶，来旺家的伸手将她腰上别着的手帕子一把扯了下来，团成一团，囫囵塞进嘴里，吉祥儿一路呜咽着被拖了出去。

贾琏见凤姐在人前全然不顾自己的情面，脸上便有些挂不住，又不好再说什么，只得讪讪道："既如此，不如都撵了出去，何必留着碍眼惹气的。"说着气得拂袖离去，出门正遇着贾蓉。

"二叔，我父亲他们都过来了，却不见你的面，叫我来寻呢。"

贾琏笑道："我也正要去寻你们呢。"二人说笑着往园子里去了。

红蕊和绿萼早被吓得面色如土，趴在地上动弹不得。凤姐被贾琏抢白了几句，越加怒火升腾，扫了众人一眼，冷冷道："既然二爷让都撵出去，还愣着做什么？等爷出来请你们不成？"众人谁也不敢上前，都知道红蕊、绿萼乃是先大太太亲选了放在贾琏屋里的，又是贾琏心爱之人，方才不过是句气话罢了。

凤姐见屋内众人无人上前，气得高声叫道："外头的人呢？还有喘气的么？"廊下早已悄悄聚了一堆人等着看下文呢，王夫人的陪房吴兴家的在外头听见凤姐在厅内发威，拿眼瞄了瞄周围的人，见众人皆犹犹豫豫地不敢上前，便越过众人至门前应道："二奶奶有什么吩咐？"

"有什么吩咐？我才说的话你聋了？"凤姐怒道，"平儿你再和她说一遍。"

"二奶奶说了，二爷让把红蕊和绿萼都打发了。"平儿对吴兴家的道。

"是。只是二奶奶，怎么个打发呢？"吴兴家的赔笑道。

"怎么，吴姐姐你是初来乍到的么？还需我教你不成?"凤姐冷笑道,转念一想,心知众人皆怕贾琏秋后算账,只是如今箭在弦上,自己也是不得不发了,倘或今日之事不了了之,非但日后贾琏不买自己的账,家里的奴才们更是没法驾驭了,当下平了平心火,口里淡淡道:"二爷说了,都撵了出去,不必留着碍眼生气的,自然是越远越好。"又看着吴兴家的道:"你只管去办,万事有我呢。不必害怕。"

吴兴家的得了这话,便放心招呼了外头候着的几个婆子进来,不由分说扯了红蕊和绿萼便往外拖。两个丫头还欲挣扎叫喊,吴兴家的喝道:"把嘴都给我堵了,别吵了奶奶清净。"

凤姐这里对着镜子又整了整妆,自去园内看戏,吃酒,哄贾母开心。贾母见她将场面办得如此热闹,又听王夫人说竟不曾用到公中银钱,便对王夫人笑道:"凤丫头如此能干,我看你亦可同我一样,享享福了。"

"皆是老太太宠着她,所有人等尽可着她用呢。"王夫人笑道。

"可不是这样说。那笨拙的,你便给她人手,她亦未必知道该如何摆布。"贾母道,"赶明儿先寻几件不那么要紧的事让她练练手。"

"既是老太太有心抬举她,明儿我便交几件日常小事与她操持。"王夫人笑道。

凤姐闻言笑道:"叫我做事我却不怕,只一条我必得先将丑话说在前头。"

贾母笑道:"你这猴儿,事还没做,便先来讲经说法了?"

"那是。凡事若无远虑,必有近忧。"凤姐故意正色道,"我还年轻,做事难免有所不周,倘不慎犯了错,老太太责罚,一不可叫人撕我的嘴,二不可打我的手,三不可打我的脸,只因我这嘴要留着陪老祖宗说话,我这手要替太太做事。"说到此处,故意拿帕子遮了脸,顿了顿方接着道:"我这脸要留着见二爷呢。"一句话逗得众人哄堂大笑,贾母更是乐得合不拢嘴。

众人说说笑笑,一直闹到亥时方散。

凤姐回房,卸了妆,梳洗完毕了,见贾琏尚且未归,想今日乃是贾琏生日,便又让平儿给自己微微上了点淡妆,备好了醒酒汤,又焚了香,与平儿有一搭没一搭地说着闲话,等着贾琏回来。

不一会儿,贾琏果然喝得醉醺醺的进来了。平儿忙上前搀扶,凤姐也赶紧下了炕,帮着将贾琏扶到炕桌前坐了。贾琏笑道:"这么晚了,你两个竟都还没睡?"平儿递过醒酒汤,贾琏接了,一气饮干,抬眼看灯下凤姐化着淡淡的晚妆,不禁兴致大发,一把搂住凤姐,嘴里吩咐平儿道:"去,叫红蕊进来,说我与奶奶要歇了。"

平儿抬眼看了看凤姐,凤姐使了个眼色,平儿便悄悄地退了出去。

凤姐上前,自与贾琏宽衣,笑道:"我伺候二爷。"

贾琏闻言"噗嗤"笑道:"还是我伺候二奶奶吧。"

第二回

邀人心平儿成通房
去心火如意乱配郎

第二天一早,平儿和安儿进来伺候。安儿伺候凤姐起身,平儿上前道:"二爷,奴婢伺候您。"贾琏随口道:"怎么是你?红蕊和绿萼呢?"凤姐接茬道:"平儿也是极细致妥帖的。"

"我只问你,红蕊和绿萼呢?"贾琏瞪着凤姐怒道。

"二爷昨儿不是让我全都打发了吗?怎么,二爷难道忘了?"凤姐若无其事地淡淡道。

"你……"贾琏坐在炕沿上指着凤姐,气得说不出话来,一抬脚将跪在炕前的平儿手里举着的一铜盆水踢翻。凤姐吃了一惊,却是端坐在妆台前纹丝未动。安儿正给凤姐梳着头,见凤姐端坐,吓得屏气敛息头也不敢回。平儿赶紧收拾地上的水。门口候着的陪嫁丫头如意儿忙进来帮着平儿收拾。外头早有小丫头子忙不迭地又端了一盆水送进来。贾琏生了一会儿闷气,心想还是赶紧出去问问人被打发哪儿去了,于是匆匆洗漱完毕,也不理凤姐便出去了。

"二爷怕是真生气了。"平儿看着贾琏的背影对凤姐道。

"哼,气呗。"凤姐心下亦甚是忐忑,只是嘴上不肯服软,"是他自己亲口叫我打发的,一屋子的人都听着呢。有能耐,他从此别进我的屋。"

贾琏到了外头,找人一问,都说是太太的陪房吴兴家的拉出去打发的。贾琏又不好直接便传了吴兴家的过来回话,她不过是这几日凤姐张罗生日临时借来用的,只得先到王夫人房中,说是给王夫人请安。

凤姐打死吉祥儿,撵走红蕊、绿萼的事早已有人报知了王夫人。王夫人因昨日来的客人众多,也不便将此事质问凤姐,今日贾琏一来,王夫人便知来意。只是他自己不开口,王夫人一时也不知如何起头。正为难时,大丫头金钏儿进来回禀:"太太,二奶奶过来请安来了。"话音未落,凤姐已进得屋来,并不理会贾琏,上前给王夫人行了礼便自行坐下。

"太太,我有个事情想请太太的示下,正好二爷也在，便也听听二爷本人的意思也好。"凤姐说着瞟了贾琏一眼，"昨儿二爷一怒之下叫我打发了红蕊和绿萼，我也是只想着要唯二爷的命是从，便让人远远地打发了。后来想想，二爷身边没个近便之人也是不妥，不如把我的平儿和安儿都给了二爷吧，她两个都是极温柔体贴的，不知太太觉得妥否？更不知二爷意下如何？"

"你凡事能替二爷着想，自然是好的。只是这样的事，你二人私下商议便可，不必来回我。"王夫人微笑道。

贾琏见凤姐如此回话，心中虽然有气，却也不好发作，只得随口敷衍道："难为二奶奶想得周全。"

"你们小夫妻能相敬如宾就最好不过了。"王夫人道，"没什么事便都去吧。"

贾琏和凤姐告退出来，凤姐见贾琏依旧绷着脸，便紧走两步，凑近贾琏身边悄声道："行了，别不知足厌了，平儿和安儿难道还不是一对美人胚子，哪个不是你惦记已久的？"

"哼，你是够狠的。"贾琏愤愤道，"你别嘴上说得好听，我且看你几时兑现。"

凤姐"噗嗤"笑道："我今儿得空便和她两个说

这事。"

"我就知道你方才不过是信口雌黄的。"

"你别着急啊,她俩是我娘家的陪嫁丫头,岂有不听我的话的道理?只是这事还是得先同她们说好方妥,不然强犟着来,她们自然也是不敢不从的,只是没了意思。二爷说难道不是么?"凤姐斜睨着贾琏轻笑道。

贾琏斜了她一眼摇摇头道:"你也不用花言巧语地哄我,横竖我看得见,我只等着,看到底是哪一天。"说完一径走了。

那贾琏出去安排小厮们各处去打听红蕊和绿萼的下落,找了几日皆无音讯,又想着凤姐既已将平儿和安儿给了自己,红蕊和绿萼即便是寻了回来,她二人在凤姐手下也难过活了,便也就撒开手,不再寻访了。

贾琏因为凤姐说了将平儿和安儿收房,却又迟迟并不安排,便急得猫抓心一般,无事便往后园寻凤姐闲扯,又不好意思直说,只言来语去、转弯抹角地提醒凤姐,无奈凤姐只一味地装糊涂。可巧安儿染了风寒竟一病不起,平儿一向与她亲厚,日夜服侍不说,更是悲伤不已。凤姐得了这个由头,越发将此事拖着不提了。贾琏深感自己遭了凤姐的戏弄,又想起红蕊与绿萼,心中深恨不已，从此将那爱恋凤姐之心日益轻慢减淡下来，渐渐地便不大回凤姐房中，问便只说外头事太多，在外书房歇下了。其实自与贾珍一道，聚赌嫖娼，无分昼夜。

凤姐在里头对贾珍、贾琏行事多有耳闻，心里又气又慌，不得已，只得叫了平儿来，把欲将平儿收房之事说与她听。平儿听了哪里肯应，又不敢硬顶，只好以安儿为由小声辩道："奶奶抬举，我自然是感激不尽，只是安儿才没了这几天，我岂能行此事？"

凤姐听了不由撇嘴笑道："别扯你娘的臊了，安儿是你什么人？就算是你亲娘老子，跟主子你也论不得个'孝'字，难道还容你守孝三年不成？"

"奴婢和她好姐妹一场，奶奶好歹容我一年半载的，也算是尽个姐妹的情意。"

"放屁！我容你一年半载，二爷如今日夜不归，你是要叫他在外头将身子作践坏了，叫我守活寡么？"

平儿不敢回嘴，跪到地上，一言不发，只不松口。凤姐气得指着她骂道："天雷劈脑子的没良心的下作死娼妇，我平日里是如何待你的？如今我要用你时竟这般对我？真是反了你了！"

平儿伏在地上，只不作声。

凤姐看她这样更加来火："下作的娼妇，平时背地里摸手捏脚浪得欢，如今明堂正道地抬举你倒装上了。"

平儿一听这话，一下子扬起头，脸涨得通红道："我几时和什么人摸手捏脚了？奶奶若这样说，我现在便死在这儿，好叫奶奶知道我的为人。"说罢起身便往墙上一头撞去。亏得站在一旁的如意儿眼疾手快，一把抱住，不想平儿用力太猛，反将如意儿带了个大跟头，俩人一起摔倒在地。平儿还欲挣扎寻死，如意儿吓得紧紧抱住，不敢撒手。

凤姐亦吓了一大跳，赶紧下了炕："好了好了，我知道你是天下第一贞节烈女了。"说着走到平儿跟前，对如意儿道："你出去吧。"如意儿松了松手，见平儿不再挣扎，这才爬起来退了出去。凤姐蹲下身，捧着平儿的脸道："今儿这事就算是我求你，你帮我的忙可好？你细想想，倘若二爷总不回房，你我要这贞节何用？"见平儿不语，凤姐起身回到炕前坐下，"我方才不过是急了，随口说说的。你快起来吧，好好梳洗打扮打扮，我这就差人去把二爷请回来。"

凤姐看着平儿梳洗打扮好了，上下端详了一番，点头笑道："如此美人，别说二爷了，我见犹怜呢！"又褪下自己手上的一只虾须镯给平儿戴上。"好了，咱两个且先慢慢吃喝着，等着他们一会儿寻了二爷回来。"说完便吩咐如意儿让人将酒菜摆到平儿的炕上去。

贾琏从贾赦屋内一出来，便被来旺领着几个人拦住，纳头便拜道："今儿无论如何请二爷回去一趟，二奶奶吩咐务要请到二爷。"

"我一身的事呢。"贾琏道，"二奶奶有什么事？"

"这个奴才可就不知了，只听说是件大喜事呢。"

"哼，她能有什么喜事等着我？！"

"求二爷心疼奴才们！二奶奶说了，若今日请不到二爷，必打出我们几个的脑浆子来呢。"

"得了，你们都起来吧，我回去就是了。"

贾琏不情不愿地回到凤姐屋内，房中却空无一人，心内正自诧异，如意儿在门口掀着门帘笑道："二爷，这边请。"贾琏满腹狐疑地跟着如意儿来到平儿房前，如意儿打起帘子依旧笑道："二爷里边请。"贾琏忍不住笑道："你这丫头，作精作怪的，就不怕你奶奶弄死你？"

"叫你这么说,我便是那吃人不眨眼的活夜叉呗?"屋内响起凤姐的声音。

贾琏吓了一大跳,扭头看了看如意儿,见她满脸笑意,心下略宽,硬着头皮一脚迈进门,被眼前的景象着着实实地又吓了一大跳:屋内红烛高照,炕上摞着一叠崭新的被褥,两个美人分坐在炕桌两边。其中一人乃是凤姐,另一人见贾琏进屋,慌忙下炕,低头行礼。贾琏近前一看,竟是平儿,一时猜不透凤姐何意。凤姐将贾琏让到炕上坐下,平儿上前帮他脱了靴子。贾琏上了炕坐到桌前,犹在梦中一般。

凤姐笑道:"今儿是二爷和平姑娘的好日子,二爷不喝一杯?"贾琏如梦初醒,恍然大悟,一连干了三杯,对凤姐笑道:"好人,我可怎么谢你呢?"

"我可不敢望谢,只求往后别总将我当作夜叉婆,还有人前没人后地到处宣扬我。"凤姐说着不禁眼圈一红。

"从前都是我不是人,求二奶奶大人大量,别跟我一般见识。"贾琏笑道,"不过我何尝说过你是夜叉婆?这世上哪有这般俊俏贤良的夜叉婆啊?!"

"唉!"凤姐叹了口气起身道,"我也乏了,先去歇着了。平儿，你陪二爷慢慢喝吧。"

"二奶奶慢走！"贾琏高声道，"如意儿，好生伺候二奶奶。"

"是，二爷。"如意儿在门口应道。

平儿将凤姐送到门口，打起帘子，欲送凤姐回房，被凤姐止住："今儿你就伺候好二爷吧，别的事都不用你管。"

那贾琏赤脚跑到门口，觑着凤姐走远了，赶紧插上房门，一把抱起平儿，笑道："我的心肝儿，可总算让我得着了！"

平儿害羞，要吹灭蜡烛。贾琏却不让，笑道："必得这么红烛高照着，方才得趣呢！"

"二爷，千万不可叫我有孕啊！"平儿凑在贾琏耳边悄声道。

"你这却奇了，哪个女人不想有孕啊？"贾琏道，"你这是过了明路的，却怕什么？她方才称你平姑娘，分明是没打算扶你做姨娘的意思，你若没个身孕，我却不好同她争了。"

"二爷切莫要开这个口。"平儿在下伸手捂住贾琏的嘴小声道，"二爷难道忘了红蕊和绿萼的事了吗？二爷若想长久，此事必得照我的意思来。"

"我只说娶了个玉天仙，岂知竟活脱一个母夜叉！"贾琏皱眉道，"你便怀上了，我看她敢拿你怎样？"

"二爷，万万不可！"平儿急道，说着便推贾琏要挣起身来。贾琏忙按住道："好好好，依你便是。"

次日一早，平儿醒来便打算起来洗漱了好过去伺候凤姐起床。不料贾琏一把搂住，笑道："朝茶暮酒黎明色，不可辜负。"

"二爷快放手，我去打水伺候二爷起床。"

"起什么床？！"

"我还得去伺候二奶奶起床呢。"

"伺候二奶奶的人多了。"贾琏笑道，"你且将二爷尽心伺候好再说吧。"

事毕，平儿披了衣裳开了门，早有小丫头子拎了热水在门口候着了。平儿接过盆和水，先替贾琏收拾干净了，自己也梳洗利索了，方才伺候贾琏更衣。

贾琏道："叫他们把早饭就在这屋摆上吧，我吃了还有事。"

平儿伺候着贾琏用完早饭，这才急忙赶到凤姐屋里。如意儿一见平儿便笑着小声道："平姑娘早啊！给平姑娘道喜了！"平儿红着脸正要还礼，不料却听凤姐在屋内高声骂道："如意儿，打从昨晚起我就见你这死娼妇笑个不停，滚进来，来来来，你且同我好好说说，什么事情叫你乐成这样？"平儿和如意儿吓得赶紧进了屋。

"过来。"凤姐对着如意儿招招手，"上我跟前来！我是什么鬼怪啊，难道还能吃了你不成？"如意儿吓得战战兢兢凑到凤姐跟前，凤姐冷笑道："怎么不笑了？才我听见在外头不是还和你家平姑娘有说有笑的吗？"平儿和如意儿皆吓得大气也不敢出。那凤姐躺在炕上辗转反侧了一夜，窝了一肚子的无名火，不找个由头撒气，心中气忿难平，因此瞪着如意儿道："你个小娼妇，看见你平姑娘这么着，你只怕是昨儿晚上心痒了一夜了吧？"

"奴婢不敢。"如意儿吓得"扑通"跪到地上。

"反了你了，还敢顶嘴。来人啊！"凤姐怒道，"拖出去配人，也省得你心里痒得难受。"

"奶奶，冤枉啊！奶奶，奴婢何尝起过那等子念头？"

"这么说是我冤枉你啦？拖出去先打二十板子

再配人,从今往后不许踏进二门半步,看还喊不喊冤了?!"

几个婆子将如意儿拖了出去,凤姐犹自气得不行。平儿端了杯茶递过来,小声道:"奶奶喝口水,润润嗓子,别气坏了身子。"凤姐一抬手拂掉平儿手里的茶盏,冷笑道:"我怎么敢叫平姑娘替我倒茶?!"平儿情知她到底为何,一声不敢吭,只低头蹲下身收拾茶盅。旁边的小丫头子忙上前道:"平姐姐,我来。"平儿不理,依旧蹲在地上擦水渍。

"哼,你弄出这副委曲求全的样子来给谁看呢,平姑娘?"凤姐冷冷道。

平儿"忽啦"一下子站了起来,倒把凤姐唬了一跳。"昨儿我原是情愿去死的,奶奶是如何说的?"平儿紫涨着脸,含泪直瞪着凤姐怒道:"如今奶奶指着如意儿羞辱了奴婢这半天,大不了我如今依旧一死了之,也免得在奶奶面前碍眼,气坏了奶奶的千金之体。"凤姐自知理亏,心里又盘算了一下,眼下就只剩下平儿这一个知近的人了,况且平日又是最忠心体贴的,便讪笑道:"你这蹄子,惯的你,我竟不能同你说笑了?"平儿是个聪明识相之人,见凤姐先说了软话,自然就势笑道:"奴婢一身一体皆是奶奶的,任凭奶奶打骂,何况说几句呢?"说着上前一步道:"我替奶奶再匀匀脸吧,奶奶今儿不去给老太太请安么?"

"自然是要去的,就等你呢!你这喜事也该去跟老祖宗禀报一声才是。"凤姐说着走到妆台前,拿起一枝朝阳丹凤珠钗,转脸对平儿笑道,"来,我替你插上,今儿我原应贺你的。"

第三回

失娘亲林黛玉入府
送宫花薛宝钗落选

那凤姐虽是不得已将平儿收作了房中人，实则也不过是个面子上的样子而已，自圆房那日后，凤姐哪里还肯再让贾琏能得着手？好容易贾琏趁空与平儿到了一处，事后平儿却又被凤姐指桑骂槐了十来日，那平儿气得又是寻死觅活地哭闹了一场，凤姐这才住了嘴又反将过来抚慰平儿道："你这蹄子，我又何尝说你什么了？不过是近日事多，我有些心烦罢了。"话虽如此，那平儿哪里还敢再与贾琏多牵连，每每见着贾琏，便低眉顺眼，眼皮子都不抬一下。时日久了，凤姐冷眼旁观，这才渐渐安下心来，却又心下惭愧，便偶尔也主动推凑二人在一处一回半回的，只是事后便又难以自制地必发作个几日方罢，气得贾琏索性只要无事便与贾珍聚在一处，纵情戏耍，寻了种种托辞，只拖着轻易不肯回房。

这一日，贾琏听说扬州巡盐御使任上的姑母家的表妹林黛玉到了。那林黛玉之母贾敏乃是贾母第一心爱之人，新近刚病逝不久，如今她的孤女来投亲，贾琏恐贾母有什么吩咐，便早早回到房中等着凤姐，看她可有什么事要说。

凤姐伺候完贾母用饭回来，一见贾琏便笑道："我猜你今日要回来。"

"林妹妹来了，老太太可有什么事么？"

"我正饿着呢。"凤姐见小丫鬟们已将饭菜摆了上来，便笑道，"二爷用过了么？"

"我方才在外头急急地用了些，这会子再陪陪你吧。"贾琏说着上了炕。

夫妻二人边吃边聊，平儿一旁伺候着。

"老太太倒是没什么话，就是哭得伤心。"凤姐道。

"那是自然。"贾琏喝了口酒，点头道。

"倒是听跟来的婆子说了从前姑太太与珠大哥说的那门亲事家的小姐的事了，说是那姑娘买了多少替身皆不顶用，到底自己出了家了，就在苏州的蟠香寺带发修行，如今的法名叫作妙玉。想必是他们家的家庙，那姑娘自打进了寺，身上的病便不治而愈了。"

"是吗？这倒也奇了。"贾琏叹息道，"这便是与珠大哥无缘哪！"

"可不是嘛，老太太和太太听了，也皆是唏嘘不已呢。"凤姐忽笑道，"只是我们那珠大嫂子听了，沉着脸，一顿饭的工夫都没缓过劲儿来呢。"

"这又何必？！珠大哥人都不在了，皆不过是过眼云烟了。"

"你说的何尝不是？"凤姐笑道，"只是这女人的心事二爷如何能懂得？这醋意上来了，便明知是空相妒，也是忍不住的。"

贾琏闻言抬眼看了看凤姐，笑道："这个想必你是最有心得的了。"

"你便整日里四处糟践我的名声吧。"凤姐斜睨着贾琏道，"我今晚便叫我们平姑娘伺候你如何？这总贤良了吧？"

"那我就先谢过二奶奶了，我便干了这一杯。"贾琏笑道，"来，平姑娘，你也来敬一杯你这贤良方正的二奶奶。"凤姐只得硬着头皮笑道："还不快去给平姑娘拿副杯箸来？"地上小丫头闻言赶紧递过杯箸，平儿接了。小丫头将酒倒上后，平儿道："我敬爷和奶奶一杯。"

一连数日，贾琏一则为着谢凤姐之意，二则为免平儿受气，夜夜回房陪着凤姐，凤姐这才如意。

又不知过了多少时日，王夫人的寡妹薛姨妈携子女来京。薛姨妈此来，头一件事便是送女儿薛宝钗待选，以期能为公主、郡主之类入学陪侍，充为才人、赞善之职；二则是与久不相见的哥哥九省统制王子腾、姐姐王夫人聚一聚；三则是应儿子薛蟠之请。薛蟠，表字文龙，如今子承父业，做了皇商，虽说生意经济一概不知，皆是其父留下的旧人打理，但如今年岁渐长，每欲到京都开开眼界，便同薛姨妈说这销算旧账、再计新支必得自己亲力亲为。薛姨妈自然是千肯万肯的，于是一家子便投亲而来。

凤姐自与姑母和表妹薛宝钗相见，贾琏则携了薛蟠各处拜会，先引着他见了贾政，贾政叫人收拾了东北角上的梨香院出来留薛姨妈一家居住。贾琏又携了薛蟠拜见了贾赦、贾珍等人。那薛蟠起先因怕拘束，本不愿在贾府这样的深宅大院居住，及至见了贾珍等人，今日观花，明日会酒，聚赌嫖娼，天天高乐，更兼那梨香院另有街门别开，出入自由，哪里还舍得离去？！

这一日，薛蟠做东，一伙人在东府里从头天晚上直乐到次日晌午方散。贾琏回到院中时，院内静悄悄的，奶妈子在东边房里哄着大姐儿睡觉，小丫头丰儿坐在门槛子上候着，见贾琏进院忙起身行礼、打帘。贾琏进了屋，凤姐刚打发走了周瑞家的和刘姥姥，又理了两件事，此刻正由平儿伺候着歪在炕上打算歇中觉。贾琏见凤姐卸了簪环和外头的大衣裳，只穿着贴身的大红袄裤，不禁心中一动，便上前搂住求欢。凤姐也便半推半就，平儿便放下帘帐在旁候着。

事毕，平儿拿了大铜盆出来，叫丰儿舀水进去，恰看见周瑞家的端着个匣子在大姐儿的房门口站着，便过去问道："老人家又跑了来做什么？"那周瑞家的本欲将刘姥姥的事去回禀了王夫人好完差的，不想被薛姨妈临时抓了个差，叫她送几枝宫花，因此又折了回来。

平儿便打开匣子，随手取出四枝进去。凤姐便问何事，平儿说姨太太让人送宫花来。贾琏道："拿来，我与你奶奶戴上。"平儿将花递过，贾琏接过一枝。凤姐便就着贾琏的手中看了看，见是一枝宫制的堆纱新巧假花，便笑道："样式倒也新巧。"又对平儿道："我留两枝，给小蓉大奶奶送两枝去。"平儿答应着便出去吩咐小丫头彩明送去东府，又让周瑞家的回去给姨太太道谢。

"却是奇了，往年这样的新式宫花皆是大姐姐赏出宫来的，今年姨妈却不知哪里得来的，竟比大姐姐的来得还早。"凤姐拿了小菱花镜照着，看贾琏将花替自己插在鬓边，思忖道，"想必薛大妹妹是没选中，这是官家赏赐的安抚之物呢。"

"落选也好，省得将来跟大姐姐争宠。"贾琏笑道，"我想起一件事来，得赶紧走了。"

"又扯谎。"凤姐转过脸斜睨道。

"真不骗你。过几日便是东府里敬老爷的寿辰了，我得过去问问珍大哥，看有没有什么事要帮忙的呢。"

"这倒是个正事。不过想必敬老爷也不会回家来的。"凤姐笑道，"还不是你们自己乐呵？！"

"你也别说嘴，我看到那日你便不去乐呵？！"

"哼，我那是要陪老太太去。"凤姐笑道。

"哼。"贾琏冷笑道，"只怕老太太未必去呢！"

"你这话什么意思？"

"没什么意思。"贾琏道，"平儿，赶紧替我更衣。"换了衣裳一径去了。

转眼便到了贾敬的寿辰日。贾琏与贾蔷早早便到了东府,贾珍已差了贾蓉早早便将六大捧盒的稀奇果品送去城外观中。

不一会儿,邢夫人、王夫人、凤姐及宝玉也都过来了。众人互相见了礼,凤姐便转告贾珍同尤氏,说贾母头天晚上吃多了桃儿,坏了肠胃,五更时一连起来两次,因此来不了了,说着话瞄了一眼贾琏,见贾琏也正看自己,便微微一笑。只听贾珍笑道:"我说老祖宗最是爱热闹,今日不来,必定有个缘故。若是这么着,就是了。"贾琏与凤姐相视一笑,并未多言。

一时外头人来回说贾赦、贾政并家里的爷们都来了,贾珍、贾琏等人忙迎了出去。

吃了面,贾赦略坐了坐便借口家里有事先走了。贾政一向喜的是清静,贾珍等人安排的唱戏、打十番的,他嫌吵也便告辞先回了。他二人一走,贾琏、贾蔷等人方才放开了手脚戏耍。

凤姐素来与贾蓉的媳妇秦氏相亲,遂借机前去探望了一番。别了秦氏,凤姐便同跟来的婆子、丫头并宁府的一众仆从由里头绕进园子的便门来,打算去寻尤氏等人,却不防竟撞见了家学里的学究贾代儒之孙贾瑞。这贾瑞一日无意间在园中看到凤姐与贾蓉交头接耳地说话，那贾蓉又牵着凤姐的衣襟欲跪不跪的，而那凤姐末了一手拿手指戳那贾蓉额头，一手拿帕子掩口娇笑。贾瑞当时吓了一跳，慌乱之中踢动了假山下的一块石头，吓得逃也似的往园外跑，却听凤姐在后叫道："是瑞大爷不是？"贾瑞闻言吓得住了脚，却哪敢回头？只听凤姐又问道："瑞大爷急匆匆这是要去哪？"

贾瑞只得转身行礼，慌忙道："家中祖父急唤，嫂子可有什么吩咐？"

"我哪里有什么事情要吩咐大爷的，大爷有事便只管去忙正事吧。"凤姐笑道。

贾瑞偷偷抬眼瞧了瞧，那贾蓉早没了踪影了。他回到家中，从此心上便再放不下凤姐，时不时便想起那日的情形，心中多少疑问，不得定论，便隔三岔五有事无事地跑到这园子里逛逛，以期再能遇上个什么事，自己也好分一杯羹。果然是功夫不负有心人，今日总算又遇上了凤姐。借着酒盖脸，那贾瑞便拿话调戏凤姐。凤姐心里恨得牙痒，面上却堆着笑敷衍走了他。

回到天香楼，尤氏早在楼梯口等着了。凤姐上了楼往楼下一望，分明远远还看见贾瑞的身影，不禁心中一惊，嘴上笑道："爷们都往哪里去了？"

有婆子回说："爷们才到凝曦轩，带了打十番的人吃酒去了。"

凤姐便没话找话道："在这里不便宜，背地里又不知干什么去了！"

尤氏接口笑道："哪都像你这正经人呢！"

凤姐心中忐忑，只作没听见，自回身与邢夫人、王夫人说笑。

谁知那贾瑞不知死活，贼心不死，居然还找到凤姐屋里来了。上回在天香楼附近被他纠缠时，凤姐已在心中发狠，必要叫他死在自己手里。这回居然非但三番五次地使人来啰嗦，自己还亲自找上门来了，凤姐哪能吃他这闷亏？于是假意与他佳期暗约，却叫贾蓉、贾蔷哥俩暗地里将他狠狠地收拾了一顿，到底弄得那贾瑞一命呜呼了方才安心。

第四回

闻噩耗黛玉悲归省
蒙圣恩元春喜获封

恰值这年年底，林如海有家书送到，却是身染重疾，写信特来接林黛玉回去。贾母见信，思之再三，唯有贾琏办事最为稳妥，于是便让贾琏送黛玉回去，私下里又对贾琏千叮咛万嘱咐，叫他务必将黛玉再带了回来。贾琏一一答应了，择了日子，别了众人，与林黛玉登舟往扬州而去。

贾琏与黛玉到了扬州，早有林府家丁及本地盐商在码头上久候了，众人簇拥着到了巡盐御使府上。因林如海病势沉重，众人亦不便久留，只得留下了各自名帖好来日相叙。

那黛玉见了老父亲，免不了伤心落泪。林如海虽有几房姬妾，家中亦有仆从无数，但那黛玉依旧是衣不解带，日夜侍奉于榻前，以尽孝道。外头多亏了贾琏在此，有本地乡绅士族来拜，皆由他出面一一应对。林如海心中亦甚觉宽慰，然究竟已是病入膏肓，汤药无济，不过延挨时日罢了。

那扬州地方，乃是当今天下第一等风流温柔之乡，本地风月人家所蓄瘦马更是名闻遐迩。贾琏早闻其名，一路之上早已想入非非，只是初来乍到，不得门路，且姑父病重，自然不好意思放纵，但后见林如海这病情虽重，却也并非朝夕之间便能了结的，需做持久之备，起初的悲伤难过之心渐渐地便也就淡了，又与当地盐商诸人日渐熟络，慢慢地便开始出入扬州城里的各种销金窟了。这一去便不可收拾了，此处风情与京都大不相同，别是一番温柔婉约，更是销魂蚀骨，直迷得贾琏恨不能化身为一条大鱼，日夜畅游于这酒池肉林之中。然九月初三巳时，林如海到底是油尽灯枯，熬到了尽头。众人遵照林如海的遗愿，将其灵柩送回苏州祖坟内安葬。

贾琏一面遣心腹小厮昭儿赶回家报与贾母，并请贾母示下，一面就地便遣散了林如海的几房姬妾。这几房姬妾心中虽对所分配的钱财不满，但一来自己皆无子嗣，二来贾琏乃荣国府嫡孙，谁敢多言？只得含悲忍怨拿了钱物走人。贾琏打发了她们，这才带着黛玉扶灵南下，一路上仔细询问黛玉族中人丁情况，那黛玉从来不管这些事的，哪里说得明白？贾琏无奈，也只得做好了走一步看一步，随机应变的准备了。

贾琏与黛玉一路扶灵，慢慢行来。昭儿快马加鞭，日夜兼程，很快便赶了上来，见了贾琏，先将贾母的意思禀明。贾母的意思很明白，只要妥善将此事处理好，不留后患，又能将黛玉完完好好地带回去，便是大功一件，其余诸事，皆无关紧要。贾琏得了这话，如获至宝，笑道："既如此，便好办了。"又问昭儿，可还有什么事。昭儿笑道："家里小蓉大奶奶没了，二奶奶既管着家里，还要帮着管东府里的事，忙得不可开交，不过晚上到底还是抽空将小人喊去问了一通，嘱咐小人劝着点爷呢，叫爷少吃酒，别认识混账老婆；还说若果然有这些事，回去便要打折小人的腿呢。"

"我的儿，我怎舍得叫她打折你的腿？！"贾琏闻言笑道，"只是这小蓉大奶奶怎地突然就没了？怪可惜的，那样一个美人！"

"不知道。我赶着回来给爷复命呢，也没闲工夫打听这事。"

贾琏将林如海葬入祖坟，又安抚了林家在苏州附近的几家远支宗亲，便打算择日回程，不料却有贾雨村来访。这贾雨村姓贾，名化，字时飞，别号雨村，如今他以同宗弟兄自居，欲与贾琏等同行。贾琏一向不甚喜欢此人，且知他一则想要路上沾光，二则想要狐假虎威，只是此次进京乃是王子腾屡上保本举荐的他候补京缺，他又与黛玉有师徒之谊，因此不好拒他，只得与他一路同行回京。半路上，便听得消息说，贾政生辰之日，皇恩浩荡，晋封贾政的大女儿贾元春为凤藻宫尚书，加封贤德妃。贾琏大喜，遂昼夜兼程赶到家中，先带着黛玉进内见过贾母，好叫老太太放心，并将随行带回的林家财物一并抬入贾母房中。贾母吩咐人领着黛玉下去好生歇息，屏退众人，将贾琏唤到跟前，看着贾琏道："琏哥儿，你这是打量我真正是老了，不中用了？"

"老祖宗这话从何说起？"贾琏吓得赶紧跪到贾母膝前，"孙儿愚钝，老祖宗好歹明示一二。"

"哼，且不说他林家几世列侯，你姑父又是钦点的巡盐御史，只你搬回来的这些东西里，便是当日我亲自替你姑母准备的嫁妆也不曾见到几样。你可别同我说是全都打发了那几个小妾了，更别说是散与林家的族亲了。"

"老祖宗英明。"贾琏吓得磕头不已,"实是孙儿自己开销得有点大了。今后再不敢了!"

"唉!"贾母叹了口气,"知道错就好。你且起来,我有话同你说。"贾琏停了磕头却并不敢起身,依旧跪在地上。"你只将你林妹妹完好无损地给我带了回来,便是头功一件了。"贾母招招手道,"你起来吧。"贾琏这才爬起来,低头垂手侍立。贾母又道:"你这一回来,你那媳妇必定头一个便要问你林家的财产如何,无论谁问,你皆回说不清楚具体数目,因你林妹妹年纪尚小,便皆封存交与我代为保管了。"

"那已入在前头库里的二三百万现银是否取出一并放在老祖宗处?"贾琏迟疑道。

"我要那些个现银做什么?"贾母笑道,"啃不动、嚼不烂的。"

"是。"贾琏赔笑应道。

"我知道如今不比从前。你如今当着家,'巧媳妇做不出没米的粥'来,你且暂用着吧,日后从容了再还上。好在你林妹妹年纪尚小,一时倒也用不上。"

"多谢老祖宗体恤。"贾琏忙施礼道。

"只是一条,千万交代你媳妇,万不可委屈了你林妹妹。"

"这是自然，无须老祖宗叮咛。老祖宗且放一万个宽心，必不叫林妹妹受一星半点委屈。"贾琏道，"还有一事也正要向老祖宗禀明。"他又略向前迈了半步，俯身道："孙儿到了扬州便抽空去了一趟苏州蟠香寺，亲自将老祖宗的意思转告了她。那蟠香寺如今不比从前，僧俗混杂，她也正烦恼不已，却又无可奈何。幸得老祖宗垂怜，便同她师傅于去岁年底收拾了行囊上来了，现在西门外牟尼庵内居住。"

"可怜见的！好好的一个姑娘，从前我还见过，生得十分标致伶俐，且又才情过人，当年你姑母爱得什么似的。上来好，离着近点儿，咱们平时也好照拂着点儿。"贾母叹息道，"也不知如今长成什么模样了。"

"这个孙儿就不知了。"贾琏道，"孙儿见她的时候是隔着门帘由小尼姑传的话，连声音也未听见，更别说看见人了，只知她如今法号叫作妙玉。"

"唉！这才是大家风范呢！"贾母点头叹道，"真是个好孩子，可惜了！对了，你待会儿去回了你婶婶，叫她也知道，心中好有个数。还有，此事切不可叫外人知晓。"

"老祖宗放心,便是她来时对外也只说是因听见都中有观音遗迹并贝叶遗文,所以才入京的。"

"好好好,这样最好。"贾母听了连连点头。

贾琏辞了贾母便至王夫人处,将妙玉之事一一禀明。王夫人听说那妙玉如今伶仃一人,亦是同情万分,后来借着元妃省亲之便,下了个帖子将她请进大观园,这妙玉方免了漂泊之苦。

贾琏别了王夫人,又一一参见了众人,这才回至房中,凤姐早备好了酒席等着给他接风洗尘。夫妇二人边吃边聊些家常琐事。贾琏提到方才去见薛姨妈迎头遇到刚开脸的香菱,凤姐不免打趣几句。二人正说到兴头上,二门小厮传报:"老爷在大书房等二爷呢。"贾琏听了,忙整衣出去。到了大书房,见贾赦、贾政都在,忙上前行了礼。原来当今圣上体贴万民之心,准了省亲之事。贾琏喜道:"这真是皇恩浩荡啊!不知可十分准啊?"

"怎么不准?"贾赦道,"现今周贵人家里已经动了工了。他父亲一向与我往来甚密,哪还有假?"

"今日散朝,吴天佑问我是否要一同去城外踏勘踏勘地方,说是他女儿吴贵妃不日归省呢。"贾政道。

"这样说来，至少有八九分准头了。"贾琏笑道。

"所以叫你来。"贾赦道，"我和你二叔都老了，此事还需你们替咱家贵妃娘娘操持才是，切不可弄得反不如什么狗屁吴贵妃、周贵人之流的暴发户。"

"放心，必叫大姐姐满意。"贾琏对贾政笑道。

"放屁！"贾赦喝道，"什么姐姐妹妹的，是贵妃娘娘！休要满嘴里胡呲，乱了国体。"

"是是是。"贾琏赶紧连声应道。

"咱们自己的园子就够大的了，稍加整饬即可，切勿过分挥霍，反辜负了天家美意。"贾政道。

"哎！虽然说要勤俭节约，但咱们祖上位列八公，该有的气派还是不能少的，只不要太过奢靡便是了。"贾赦不以为然道。

"我心里略盘算了一下，无论怎样节俭，事情也少不了，况太俭了也有失皇家威仪不是？"贾琏思索着说道，"此事我需得找珍大哥一同商议。"一言未毕，小厮进来禀道："东府里珍大爷来了。"

"快叫他进来。"贾赦道。

贾珍进来各自见了礼，笑道："我今日可巧在冯紫英府上，正说省亲的事，听得老爷们传唤，估计与此事有关，忙不迭便赶回来了，可是要说此事？"

"正是。"贾琏笑道，"我正说到此事需同你商议呢。"

几人于是将省亲之事又说了一遍，议定由贾珍、贾琏负责，紧要处与贾赦、贾政商议。议罢，各自散去。

贾琏回屋匆匆吃了饭，便要住东府里找贾珍细聊，却见贾蓉带着贾蔷来了。贾蓉说贾珍让过来传话，说贾琏才回到家，一路劳乏，就不要急着过府议事了，省亲的事本也不是一日便能议定的，不如晚上好好歇歇，有话明日一早再议。贾琏笑着答应了。贾蔷又回禀说，贾珍派了自己负责去姑苏采买小戏子。贾琏本不甚愿意，无奈贾珍、凤姐、贾蓉几个都情愿叫贾蔷去。贾琏亦无话可说，只得答应明日写一封书信会票给贾蔷，让他去金陵城内钦差金陵省体仁院总裁甄家支三万两存银先用着。

蓉蔷二人走后，又有三四起人进来回事。贾琏一路劳顿，实在是支撑不住，便叫小丫头传话给二门上的小厮，不许再进来传报了，万事都且留待明日再作料理。

凤姐三更时分方从王夫人处回来，见贾琏早已鼾声震天了。凤姐见状转脸对平儿笑道："佛主保佑，每日都叫他累成这样便天下太平了。"平儿掩口笑道:"他若每日都这样,奶奶该不太平了。"

"你这蹄子,疯魔了,说话口无遮拦。"凤姐笑道。

"天也不早了,奶奶也快歇了吧。"平儿笑道,"明儿还有一大堆事情等着奶奶呢。"

第五回

皇恩浩荡元妃省亲
宠爱有加贾琏庆生

那省亲的园子日夜施工，总算赶了出来。贾珍便请贾政先进园审视，万一有不妥之处也好及时修缮。贾政因思及宝玉乃是元妃一手带大，情同母子，便叫了他一起进园，且由他将各处景点一一命名，以博元妃欢心。因贾政问及园内房宇的陈设之事，贾珍忙差人去将贾琏唤来。贾琏赶到，见贾政问话，赶忙从靴桶内取出明细，一一禀明。贾政听他不单品种、数目说得清楚明白，连诸事进程亦记得有条不紊，十分满意。

终于到了上元之日，圣上恩准的省亲之日，贾母等人自五鼓起便按品服大妆起来，等在荣府大门外，贾赦等人更是早早便于西街门外候着了，却一直等到戌初那元妃方才从宫中动身，到了荣府。贾母等连忙在路旁跪下，几个太监奉旨过来扶起贾母及邢、王二位夫人。

元春入得门来，见园中香烟缭绕，花彩缤纷，说不尽的太平气象，富贵风流，又更衣登舟，但见岸上水中诸灯交辉，仿佛琉璃世界，满目皆似珠宝乾坤，船上更是珠帘绣幔，桂楫兰桡，宛如仙境。元妃游园毕，乘车至贾母正室，这才得与亲人相叙。元春昔日带进宫的丫鬟抱琴等人亦上来与贾母等人见礼，贾母等连忙扶起，又命人别室款待不提。

一家人叙了旧，元春亦考了宝玉及众姐妹的诗词，便有贾蔷领着姑苏采买来的十二个小戏子上前献戏。演了四出戏后，元妃命太监出来打赏一个叫龄官的小戏子。贾蔷见了，欢喜不已。元妃又叫龄官再作《游园》《惊梦》两出戏，那龄官却说这两出戏皆是正旦，而自己是小旦，因此非本角之戏，只恐叫贵妃失望，故执意不作，非要改成《相约》《相骂》两出。贾蔷左劝右哄，那龄官只是不肯。贵妃上头等着，贾蔷也不敢拖得太久，只得惴惴不安地上前婉言回禀元妃。元妃倒是不以为意，笑道："不可难为了这女孩子，好生教习。"唱毕，又另赏了龄官两匹宫缎、两个荷包并金银锞子、食物之类。那贾蔷悬着的一颗心这才放了下来。

原来贾蔷对这龄官一见钟情。当日那人牙子领了几个女孩儿来见贾蔷，这龄官一抬头吓了贾蔷一跳，只见她生得是眉蹙春山，眼颦秋水，面薄腰纤，袅袅婷婷，大有秦可卿之态！贾蔷自幼便与贾蓉亲厚，贾蓉成亲后他依旧是自由出入内庭，与秦氏亦十分相熟，情谊深厚，自贾珍分了房舍与他，叫他搬出宁府自立门户后，便与秦氏咫尺天涯，再难相见；如今见了这龄官不禁喜出望外，如获至宝，诸般事宜，无有不从。龄官听人说贾蔷乃宁府正派元孙，心想这等公子哥儿不过是一时兴致，图个新鲜罢了。岂知日复一日，那贾蔷对自己竟是一片真心，龄官心中感佩，自是以一腔衷情相报。

且不说贾蔷领了一帮小戏子们叩头谢恩退出，只说元春与王夫人一边看戏一边细叙那母女知心话，见小戏子们退下便命撤了筵席，复去游玩，说是要将方才未到之处再看看，莫辜负了众人日夜辛劳。众人簇拥着元妃，行至栊翠庵，元妃忙盥手进去焚香礼佛，且亲题匾额曰"苦海慈航"，又额外加恩与了一班幽尼女道。妙玉亲送至大门外，目送元妃远去方才回身。

元妃转了一圈复至贾母处。有太监将赏赐清单呈上，元妃看完便命照此下发即可。合府上下，几乎人人有份，众人山呼磕谢。贾珍、贾琏、贾环、贾蓉等皆是表礼一分，金锞一双；贾珍、贾琏哪里将这些放在眼里，便是贾蓉也不过瞧了一眼便转手递于小厮们接了。只是贵妃赏赐，总是一份荣耀，口里少不得亦称谢不已。倒是贾环，因从年内染病未愈，躺在屋里调养，本以为这泼天的富贵与自己毫无瓜葛，不想元妃竟有这般赏赐，与赵姨娘母子二人跪在炕上，对天叩拜，感激涕零。

丑正三刻，元妃与贾母、王夫人洒泪而别，摆驾回宫。

且说这贾府上下为着元妃省亲一事，忙得是人人力倦，个个神疲，如今总算是告一段落，贾珍忙不迭摆了大戏，邀了贾琏、薛蟠、宝玉等人过去喝酒、行乐，好好放松放松。其他人等亦各自想招，躲懒耍滑。唯有凤姐事多任重，虽也累得腰酸背痛，但却一味要强，硬撑着依旧是前后张罗诸般事宜。谁知连日忙乱，竟疏忽了大姐儿的照料，小孩子家乐得没人时刻管头管脚的，这一放纵竟发烧了，摸着额头、手心、脚心皆滚烫。凤姐一边责骂跟着的奶妈子、丫鬟等人，一边赶紧请了大夫诊治，原来却是出痘疹了。

凤姐闻言赶紧着人打扫房间，准备供奉痘疹娘娘，又命平儿收拾铺盖衣物等与贾琏，叫他在外书房内斋戒十二日。贾琏这几日一连在东府里戏耍，听了传话，也不以为意，只是到了晚间却是难熬；虽有贴身的心腹小童隆儿等人侍寝，到底难以畅意。恰有厨娘多姑娘留意贾琏久矣，见贾琏如今一人在外书房里住着，便装模作样地穿梭往来招惹。贾琏也曾有意于这妇人，却因种种缘由，一直不曾得手。如今机缘巧合，二人又你情我愿。贾琏又让小厮们送了那妇人些金帛之类的，二人一拍即合，还管他什么痘疹娘娘不娘娘的，直将那妇人做了娘娘一般了。

倏忽之间，十来天便匆匆过去，贾琏与那多姑娘山盟海誓，难舍难分。然则凤姐已差人来接贾琏进去，那多姑娘也看过两出戏，便学那杨妃的做派，绞了一缕子头发赠予贾琏，以期长相思念。那贾琏回到内室，见了凤姐，小别胜新婚，自是无限恩爱，将那多姑娘早撂到爪哇国去了。却不料平儿收拾行李，竟从贾琏的枕套中抖出那绺子青丝来，觑着凤姐不在屋悄悄拿了戏耍贾琏，却被贾琏趁其不备夺了去，平儿气得咬牙切齿。贾琏见她娇俏动人，便搂着求欢。平儿心里忌惮凤姐，夺手跑出屋，与贾琏隔着窗子说笑，却又被凤姐瞧见，免不了要说几句酸话。平儿听了心中不快，也不打帘，自顾进屋忙去了，气得凤姐笑道："平儿疯魔了。这蹄子认真要降伏我了，可仔细你的皮要紧！"把一旁的贾琏笑得绝倒在炕上："我竟不知平儿这么利害，从此倒服了她了。"

"都是你惯的她，我只和你说话！"凤姐道。

贾琏笑道："你两个不卯，我惹不起躲还不成么？"说着起身要走。凤姐叫住他，说了正月二十一乃是宝钗的生日，因是十五岁，也算是将笄之年，故贾母有意替其做生日，因此想问问贾琏什么意思。贾琏听了，本打算与黛玉往年一样，但因有了贾母这一层，便让凤姐再多增些。凤姐便笑道："我也是这么想的，所以讨你的口气。我若私自添了东西，你又怪我不告诉明白你了。"

"罢，罢！这空头情我不领。你不盘查我就够了，我还怪你！"贾琏说着，一径去了。

是日，贾母为宝钗搭了个小戏台，热热闹闹地过了个生日。可巧次日元春差人送了个灯谜来，叫众人去猜。贾母见元春这般有兴，便也命宝玉等人做了灯谜来耍。

贾政朝罢,见贾母这般有兴致,也来承欢,却见众人小小年纪,所做的不是爆竹,就是算盘、风筝、海灯之类,皆是些福薄命短的不祥之物,不由得心中郁闷。他回到房中,思来想去,愈加伤感,翻来覆去,竟难成寐。次日起来,便想着要将大观园内为着省亲准备的玉皇庙、达摩庵两处的十二个小沙弥并十二个小道士都打发到各庙去修行,也好多积些阴德。正同王夫人说着此事,宫中传旨觐见,贾政急忙更衣进宫,且将此事放下。

却便有人将这消息传了出去,不知怎地竟传到了后街上住着的贾芹之母周氏耳中。这妇人最是个能言善辩、见风使舵的,本来也正盘算着怎么找贾政说道说道,给儿子谋个差事,也好弄些银钱使用。今得了这个消息,周氏眼珠子一转便计上心来,坐了轿子直奔凤姐处,一通奉承。那凤姐最吃这一套,被她哄得眉开眼笑,当下便点头依允了。到了王夫人跟前,凤姐一通忽悠,说那班和尚、道士的若打发了,只恐要用时现找来不及,不如都送入家庙铁槛寺内,派个人管着,每月花不了几两银子,随喊随到。待贾政散朝回来,王夫人依言同他相商。贾政向来对家务事并不大理会,听王夫人一说，笑道："倒是提醒了我，就这样。"便命人唤贾琏前来。

却说凤姐一听贾政传唤贾琏，一把拉住，央他若是为小和尚的事，务将此事给了贾芹。贾琏笑道："什么事你都要占先。西廊下五嫂子的儿子芸儿来求了我两三遭了，想要个差事管管，我早应了他了，叫他等着。好容易出来这件事，你又要夺了去。"凤姐因为已允了周氏，怕事不成自己没面子，便说改日叫贾芸去管花草工程。贾琏因这两日将在外头学来的床帏新招在凤姐身上试验，二人正好得蜜里调油呢，心下便不忍驳她，见了贾政，听果然是说小和尚的事，便依着凤姐的主意举荐了贾芹。贾政听了自然应允。

那贾芹得了消息赶紧前来拜谢贾琏夫妇，又求凤姐美言先支三个月的费用。贾琏看在凤姐面子上，批了票画了押。贾芹母子小人得志，见了白花花二三百两银子，喜得无可不可。那贾芹先自雇了头大叫驴自己骑上，又雇了几辆车，拖了二十四人，一径往城外铁槛寺而去。这一去，铁槛寺内他便自在为王了，非但夜夜招匪聚赌，还养妓蓄童，把个佛门清净地弄得是乌烟瘴气，活活气死菩萨。这些皆是后话，暂且不提。

如今且说元春闲来无事，想起那大观园中景致，自己幸过之后，贾政必定敬谨封锁，不敢使人进去骚扰，岂不寥落？况家中现有几个能诗会赋的姊妹，何不命她们进去居住，也不使佳人落魄，花柳无颜。因心中格外怜惜宝玉，故让他也一同入园居住。她思虑已定，便着宫中太监夏忠前去荣府下了一道谕。贾政、王夫人接了上谕，即刻便使人去唤贾琏前来。贾琏得令赶紧安排，不几日便归置完毕，报与贾政。贾政随即遣人通禀贾母，说二月二十二便是好日子，宜搬迁。到了二十二日，众人一齐入住，登时园内花摇绣带，柳拂香风，一扫前番寂寥景象。

凤姐将众人安置入园，便又着手忙活贾琏的生日。贾母闻讯将凤姐和贾琏叫到面前，笑道："大伙儿的刚搬进这园子，全都正兴头呢，今年琏儿的生日便在这园子里办吧。"凤姐道："这可使不得。他过生日少不了外头的爷们都得来，岂不惊了姑娘们？"

"鸳鸯你过来。"贾母沉着脸对贴身大丫头鸳鸯招手道，"替我撕了这破落户儿的嘴。"众人闻言皆一愣，贾母忍俊不禁，"噗嗤"笑道："你这猴儿，前些日子我替你薛大妹妹作了个生日，你便长长短短说了那一堆，还说将来又不只宝玉一个人顶着我上五台山。如今我要替琏儿做生日，你却又出来拦我，不撕你的嘴撕谁的？"

"我说老祖宗这样一张巧嘴，怎么那日竟败给了我呢？原来是在这儿等着我哪！"凤姐假意撇嘴气道，"我可算知道什么叫'君子报仇，十年不晚'了。可是您老也稍稍有点耐性啊，这才几天啊，便来算账了？总得先让我快活快活，再得意几日啊！"

几句话说得贾母乐得哈哈大笑，一屋子的人也都跟着笑得不行。贾母笑道："你们听听吧，我是说不过这猴儿了。"王夫人笑道："这都是老祖宗平时惯得她，越发没规矩了。"

"嗨，咱们娘儿们在一块，要那么多规矩做什么？！"贾母笑道，"凤丫头其实最是懂事，大面儿上从来错不了。"

"老祖宗可千万别再夸她了。"贾琏笑道，"饶这样都已是屋里快盛不下她了。"

"你是个无法无天的，亏得有凤丫头治着你呢。"贾母笑道。众皆大笑。

贾母又对凤姐笑道："方才你虑的是，只是咱们这园子这么大，男宾一处，女宾一处，不妨事，还热闹。若是有外头的客来，自在外头设宴款待便是。"凤姐与贾琏对视一眼，心中都知如此甚烦，但既是贾母高兴，自然不能扫兴，凤姐便笑道："那这回可便宜他了。下回我过生日，老祖宗你可不能厚此薄彼，我也得在这园子里头摆两桌，不然我且得念叨呢。"贾母笑道："你这猴儿，样样都要掐尖。等你过生日，我一样给你摆两桌，还不叫你劳神，如何？"

"阿弥陀佛！"凤姐合掌笑道，"到底还是老祖宗知我，这不叫我劳神，可真是说到我心坎儿里去了。"众人大笑，贾母更加欢悦。

转眼便到了三月初九。贾琏、凤姐、平儿早早便去给贾赦、邢夫人请安，说今儿定了都先到贾母处承欢。贾赦给了赏赐，道："我今儿身子不大利索，就不去了，你替我给老太太请安。"贾琏与凤姐答应了，辞了贾赦到贾政处，见过了贾政、王夫人，这才往贾母处而去。不一会儿，贾珍、尤氏、贾蓉夫妇都来了。众人行礼未毕，薛姨妈一家也来了，其余人等也都陆续前来。贾母看着满堂儿孙，欢喜不尽。

一时上了面，点了戏，园内外顿时热闹起来。贾琏与凤姐更是诸般应酬,忙得不可开交。却有小厮兴儿让小丫头子进来喊贾琏,一见贾琏出来,兴儿忙上前道:"二爷快点,大老爷不知为着何事,正发火呢,叫爷这就过去。"

贾琏吓得赶不迭过到别院,只见贾赦倚在书房榻上,手里拿着把折扇,身边放着两把,还有几把撕破的扇子扔在榻前的地上。贾赦见贾琏进来,便将手中的扇子递给贾琏。贾琏满腹狐疑,接过扇子打开一看,扇骨却是玉竹的,扇面上竟是唐寅的仕女图,一时间不知真假,更不知贾赦之意,也不敢多问,只得拿着扇子侍立一边,假装鉴赏。

"混账东西!"贾赦喝道,"你只管一个劲儿地瞧什么呢?!"

"不知老爷何意?"贾琏问道。

"有人给我送了这把扇子来,这一比,方知我从前当宝贝一般珍藏的都狗屁不是。"贾赦道,"如今他们倒是打听出了有个姓石的穷小子手里竟有二十把这样的好东西,折腾了这些日子了却连个面也没见着,一群不中用的混账玩意儿。此事交由你去办,不拘多少银钱,务必替我拿来。"

贾琏心想，只要银钱到位，天下哪有想不到手的东西呢?！当下满口应承着退了出来。谁知那姓石的小子，绰号"石呆子"，是个一根筋的主，贾琏好不容易见了人也见了物，可他就是不卖，还说："要扇子，先要我的命！"贾琏没招，也不敢回复贾赦，只得徐徐图之。

第六回

赵姨娘失算魇魔法
薛文龙配成天王丹

且说贾琏为着没能将那"石呆子"的扇子弄到手，吓得轻易不敢往贾赦跟前凑，怕他问起。好在贾赦年岁渐增，又早被酒色掏空了身子，因此虽是偶感风寒，却也竟躺下了，日日延医请药，也便将此事撂过一边，无暇论及。

这日贾琏请了安出来，迎面碰上宝玉，说是贾母让过来给大老爷问安的。二人便随口聊了两句，却正好贾芸为着差事的事情来寻贾琏。宝玉见贾芸生得着实斯文清秀，一时兴起竟认了贾芸做了儿子，把贾琏笑得不行："好不害臊！人家比你大四五岁呢，就替你做儿子了？"那贾芸正要设法攀附，便说是"摇车里的爷爷，拄拐的孙孙"，又说是"若宝叔不嫌侄儿蠢笨，认作儿子，就是我的造化了"。宝玉听了甚是高兴，便叫他得空了只管来找自己说话。贾芸后来果然去了怡红院，却是巧遇了宝玉的丫头、大管家林之孝的闺女小红，二人日后竟成就了一段好姻缘。

这里贾芸见宝玉上马走了，便又问贾琏差事如何了。贾琏便将小和尚的事告诉了，说那件事被凤姐求了去给了贾芹，后头的花木工程必是贾芸的了。贾芸听了，暗自思忖，此事还得去求凤姐方能成，便叫贾琏且先别同凤姐说自己的事。贾琏忙着明日要去兴邑办事，也无心细问贾芸之事，匆匆便先走了。

贾芸回家路上思量了一路，打算到他舅舅卜世仁的香料铺内赊些香料好与凤姐做进见礼，却被他舅舅唧唧歪歪地数落了一通，空手而归。亏得半路遇见邻居倪二，这倪二乃是本地有名的泼皮，于坊间倒是也颇有些侠名，人皆唤作"醉金刚倪二"。贾芸得他助了十几两银子，买了些香料孝敬凤姐，又说了几车好话，终于将差事弄了下来。

贾芸带人进园子种花，没几日便是王子腾夫人的寿诞。宝玉跟着薛姨妈、凤姐等人前去拜寿，至晚方回。王夫人因为贾母不去，也便留在了家中，可巧遇见贾环下了学回来，便叫他进屋替自己抄个《金刚咒》。

宝玉回来时，贾环还在抄着呢。贾环见宝玉一回来众人便皆宠爱无比，心中不免生怨，又见他同自己的相好彩霞厮闹，心中越加恨毒，不禁想起平日里母亲赵姨娘的各种怨骂之语，不由得怒从心头起，恶向胆边生，假装失手，伸手将一盏油汪汪的蜡灯往躺在炕上的宝玉脸上一推，一心想要烫瞎他的眼睛。

众人大惊，王夫人更是一边移灯过来细看，一边回首骂贾环。

凤姐则三步两步地上了炕，一面帮着宝玉收拾着，一面笑道："老三还这么慌脚鸡似的，我说你上不得高台板。赵姨娘时常也该教导教导他。"一句话提醒了王夫人，且先不骂贾环，将赵姨娘叫过来好一顿数落。宝玉见赵姨娘母子都挨了训，便息事宁人说若老太太问起只说是自己不小心烫着了。凤姐便又笑道："便说是自己烫的，也要骂人为什么不小心看着，叫你烫了！横竖有一场气生的，明日凭你怎么说去吧。"

赵姨娘一旁听了，恨得在心里将凤姐的祖宗十八代皆问候了个遍，脸上却一丝也不敢显露出来，只忍气吞声上前服侍宝玉。

所幸次日见了贾母，宝玉自己认了是自己烫的，不与别人相干。赵姨娘听了小丫头子学舌，这才放下心来。她正坐着做针线呢，只见宝玉寄名的干娘马道婆走来，二人七扯八拉地说些家常，无意间便聊到了凤姐身上。

从来这三姑六婆没有不搬弄是非的，这赵姨娘又是天下第一蠢人，昨儿晚上刚受了一通气，她不怪贾环惹祸，只怨王夫人责骂，更恨凤姐煽风点火，只是嘴上自然不敢论王夫人的不是，却忍不住抱怨了几句凤姐。那马道婆听了顿时一番花言巧语，哄得赵姨娘非但将一应体己皆拿了出来，还给那婆子写了张五百两的欠契来，指望着那婆子回去作法能将凤姐与宝玉一举拿下，从此自己和贾环便算是熬出头了。

果然那婆子真有几分道行，在家中作起法来。宝玉正和黛玉说着话呢，突然将身一纵，离地跳有三四尺高，口内乱嚷乱叫，说起胡话来了，园子里顿时闹将起来。早有人跑出去报信，一时间贾赦、邢夫人、贾珍、贾政、贾琏、贾环、贾蓉、贾芸、贾萍、薛姨妈、薛蟠等人皆闻讯赶来。众人见了，皆束手无策。正慌乱间，却见凤姐手执钢刀杀进园来。周瑞家的领着几个胆大的婆子上前将凤姐拦腰抱住，夺下钢刀，抬回房去。

慌乱之中，贾珍一眼瞥见香菱，不由一惊。不想却早被薛蟠瞧见，他一把将香菱扯到薛姨妈跟前，道："好生照应着妈，别跟着乱窜。"说着又回头四顾找寻宝钗，却见宝钗正同一个女孩儿相携立于廊下。只见那女孩儿眼波莹莹，泪光点点，娇喘微微，别样的风流婉转。那薛蟠顿时酥倒在那里，好一会儿才缓过劲来，料想必是林黛玉无疑。

旁边众人此时七嘴八舌，各献计策。恰王子腾夫人今日也在，见时候不早了，徒留无益，便起身告辞。薛姨妈便跟着起身告辞，薛蟠也只得跟了回家。贾珍等人亦陆续辞去。

看看三日过去，凤姐与宝玉似乎连气都没了。合家伤痛，贾母、王夫人、贾琏、平儿等人更是哀声不绝、忘餐废寝，觅死寻活，唯有赵姨娘和贾环暗自欢喜。岂知那宝玉是有根基的，胎里带来的灵玉救了他叔嫂二人。

那赵姨娘空欢喜一场，还将多年体己赔了个干净，也只好打落牙齿和血吞，哪里敢声张？！那马道婆闻讯从此轻易不敢进府，自然亦不敢来寻赵姨娘索要那五百两银子的欠款了。

王熙凤与贾宝玉得了那宝玉之灵,苏醒过来,各自在房中调养。宝玉自养了三十三日,这期间皆是贾芸带着家下小厮们在怡红院坐更看护,昼夜不休,自然便得了机会与小红亲近。及至宝玉康复,用不着男人了,贾芸便仍旧领着人种树栽花去了。

凤姐也一样在家中养着,这日正与平儿坐着说话,小丫头丰儿来报说薛大爷求见。凤姐道:"你去回他,这几日事多,二爷见我大好了,所以今儿出去办事了,他若有事,或去外书房寻他,或等晚上二爷回来他再来。"丰儿道:"我才已这么着同薛大爷说了,他说今儿是特来寻奶奶的,不找二爷。"

"既这么着,你就请他进来吧。"

丰儿答应着出去了。

"奶奶要不要换件衣裳?"平儿问道。"罢了,病了这些日子,什么模样没被人瞧去?"凤姐道,"况薛大哥也不是外人,就别折腾了,我也懒得动弹。"说话间薛蟠已到门口,隔着帘子问道:"大妹妹可好些了?"

"平儿,快请薛大爷进来说话。"凤姐道,"薛大哥且进来说话吧。"平儿过去打起门帘。薛蟠进来闲话了几句病情,凤姐见他心不在焉,笑道:"薛大哥,你我至亲,有事你便直说就是。"那薛蟠支吾了一会儿笑道:"今儿实是有事要求大妹妹。只因我前些日子去瞧宝兄弟,他给了我一副专治弱症的方子,眼下其余的我都凑齐了,只缺一样东西。我思来想去,你必是有的。"

"宝玉给你的方子?他能有什么方子?!"凤姐笑道。

薛蟠道:"头胎的紫河车,人形带叶参,龟大的何首乌,千年松根茯苓胆……"

"快打住!"凤姐笑道,"这些个东西上哪里寻去?莫不是宝玉哄你玩的?"

"由他去哄便是,我横竖是当真的。"薛蟠笑道,"况这些东西横竖是吃不死人的。如今只差几颗珍珠了,因必要人头上戴过的,所以便来找妹妹讨要了,大妹妹若是没有散的,便花儿上掐几颗下来,回头我挑好的再给妹妹穿了来。"凤姐被他央求不过,只得叫平儿拿了两枝珠花儿现拆给他。薛蟠看着平儿拆花,转脸又对凤姐笑道:"大妹妹索性再找一块三尺的上用大红纱给我,我回去好垫乳钵,乳了合面子。"

"天王,这样郑重其事地倒腾一味药,这药该叫个什么名儿啊？"凤姐笑道。

"大妹妹果然聪慧过人，这药便叫作'天王补心丹'。"薛蟠笑道，一时得了珠子，便道谢告辞去了。

晚上贾琏回来，凤姐便说起日间薛蟠来寻珠子的事。贾琏奇道："他家哪有什么弱症之人？他花这样的本钱和工夫替谁配呢？"

"是呢，我竟忘记问他是替谁配的了。"凤姐拍手道，"许是店铺里要用呢。"

贾琏鼻子里"哼"了一声道："你那大表哥，你几时见他上心过铺子里的生意了？"想了想，转脸看了看平儿道："他莫不是打上什么歪主意？故意找了这么个借口来寻你？"

"呸！"凤姐啐了一口笑道，"那岂不正趁了你的心意？我便拿她去换了香菱来，也省得你整日眼馋肚饱的，那薛老大也是个'吃着碗里看着锅里'的货。"

平儿道："你两个说话便说话，扯我做什么？"

凤姐笑道："知道你与二爷情投意合，我哪敢呀？不过白话两句罢了，替你试试二爷的心呢。他还没急，你倒急了。"

贾琏一旁早已笑倒在炕上。

第七回

贾雨村谄媚寻宝扇
贾宝玉受陷遭杖笞

转眼便过了端午,天气渐热。这一日,贾琏有两件事要请贾政示下。恰贾雨村来拜,见了贾琏,不免叙了几句旧。宝玉也在,那贾雨村回回来了都必要见一见宝玉。那宝玉今日正为着送了湘云一个金麒麟的小玩意儿又同黛玉怄气,被黛玉逼急了说了一番肺腑之言,此时犹自神痴呢。贾政见他葳葳蕤蕤,脸上一团思欲愁闷之气,全无往日的慷慨挥洒模样,心中来火,只因雨村在场不便发作,却又忍不住冷笑道:"你这孽障,一脸愁闷,你还有什么不足的么?"

雨村见状忙笑道:"天气炎热,世兄偶有不适也属正常。"贾政还欲再教训两句,雨村转脸对贾琏笑道:"久不见赦老,一向可好?"

"甚好。"贾琏知他是解救宝玉之意,便笑答道,

"多谢牵挂。"又转身对贾政道:"老爷若没别的吩咐,我便去回父亲了。"贾政点点头。

"我正欲去给赦老请安呢,便与你同行吧。"贾雨村起身辞别贾政,与贾琏往贾赦的别院而来。贾赦正歪在榻上纳凉,见雨村进来,遂起身见礼,寒暄数语便无话可说。

雨村一眼瞥见贾赦手中所执折扇,他是个识货的,惊道:"赦老从哪里得了这把扇子?好东西啊!可否借小侄一观?"贾赦递过手中的扇子笑道:"不过是个小玩意儿罢了。"雨村接过,郑重其事地打开,两面皆反复细细地看了,摇头"啧啧"道:"可不是小玩意儿,实乃无价之宝啊!"贾赦一向同雨村无甚往来,亦无话可说,此刻听他夸赞自己的收藏,不禁心中喜悦,点头笑道:"你倒是个识货的。可惜这样的好东西我却只这一把,另有二十把更好的都在一个穷小子手里。"

"怎不弄了来?"雨村奇道。贾琏闻言,心中叫苦不迭。贾赦瞪了贾琏一眼道:"哼,只为我没个有能耐的好儿子。这么点子事也不知你是怎么办的?推了我这些日子,雨村不提我都忘了,如今究竟如何了?"

"那'石呆子'宁肯豁出命来,已经许了他五百两了，又同他说先兑银子后拿扇子，无奈他只是不肯。"贾琏道，"我明日便再去寻他。"

"此等小事何需劳烦世兄？"那雨村一心欲与贾府几位有身份的爷们交好，无奈只有贾政对他颇为赏识，贾赦则一直不曾相厚，此刻一旁听了这番言语立时便将整件事情的来龙去脉猜了个八九不离十，忙笑道，"世兄有事只管去忙，此事交由小弟即可。"

贾赦闻言不禁上下打量了雨村一眼，笑道："我一向听说你的才干，说是薛文龙进京时闯了点小纰漏亦是你料理妥当的？"

"哪里哪里，赦老谬赞了，些微小事，何足挂齿？！"雨村笑道，"你老便在家高卧，此事容小侄一试可否？"

贾赦笑道："如此便劳烦你了。"

贾琏亦作揖道："如此有劳雨村兄了。"又对贾赦道："方才的事已回过二老爷了。"贾赦点点头。

三人又寒暄了几句，雨村起身告辞。贾琏送了出去，顺道便回了外书房。赖大、林之孝等几个管家正在外书房里候着，见贾琏来了，便问方才进去回禀的事贾政如何回复的。几个人正说着话，小厮兴儿连滚带爬地跑来报道："坏了坏了，里头老爷发火，说是要将宝二爷活活打死呢。"贾琏等人闻言大惊，急问道："因为什么呀？"

"详情小的也不知，只听见里头老爷的小厮出来说大约先是为着忠顺王府里的一个小戏子，后来又为着太太屋里的一个大丫头跳井死了。这会子正捆了按着要打呢。"

"那些个门客呢？竟没一个劝的？"贾琏道。

"恐是没劝住，二爷快进去劝劝吧。"兴儿道，"迟了只怕真打坏了。"

"糊涂东西，跑来叫我，等我进去还不早打完了？！"

"爷放心，早已有人进去报信去了。这会子我来告诉爷，是想问问爷要不要进去劝劝。"兴儿是个机灵鬼，赶紧将话又说回来。

贾琏低头想了想，道："老爷若是未传，进去恐不便呢。"

"说是先头是传了二爷和赖大爷进去的，后来叫三爷拦下了。"兴儿道。

"三爷？"贾琏疑道，"环儿？他几时在老爷跟前说上话了？他说什么了？"

"这个么……"兴儿挠头道，"奴才忙着来报信，还没来得及打探呢。"

赖大笑道："二爷也不必着急，叫我说，打就打两下子，横竖也打不坏。哪有儿子不挨老子打的？！"

"那是自然。"贾琏笑道，"只是这样大热天气，怕老太太着急上火。"

几人正说笑着，小厮进来报："珍大爷和小蓉大爷来了。"贾琏忙道："快请。"话音未落，贾珍已带了贾蓉和赖二等人走了进来。众人忙起身相互见礼。贾珍坐下，不等贾琏开口便笑道："宝玉里头挨着打呢，你可听说了？"

"正说着这事呢！"贾琏笑道，"大爷难道竟特为此事而来？"

"还真是。"贾珍笑道，"只因上回宝玉挨打，老太太心疼，没处撒气，把我提了进去好一顿数落。我想这回又挨打了，可劝也不劝呢？听说这回是为着忠顺王府的琪官，宝玉可巧今儿腰上系着琪官送他的汗巾子，叫忠顺王府的长史官拿了个正着，又说环哥儿趁机加了把火，说太太屋里的金钏儿跳井是因为宝玉强奸未遂。我想着这两件事加起来，二老爷不打他个半死也得脱层皮，因此过来看看你怎么说。"

"我也正犹豫呢。"贾琏皱眉笑道，"还是大爷消息灵通，知道得确切。只是事若闹大了，里头断不会没人出来传唤的。"

"正是这话。"贾珍点头笑道，"未得传唤便进去恐也不十分妥当。我便在你这儿候着吧，万一里头传话出来，进去也快。"几人便坐下闲聊。

"原来却是为了琪官。"贾琏将手中的折扇一合，拿扇子在左手的掌中一击，笑道，"这就难怪了！可怜薛老大在他身上花了多少心思，到现在也没个首尾。"

"谁背后说我坏话呢？"小厮们不及回禀，薛蟠早已大踏步走了进来，高声嚷道。

"二叔你这是宝地啊！说曹操曹操到啊！"贾蓉笑道。

众人起身见过礼，复又坐下闲聊。

"便叫姨爹多打两下才好，只恨不能将那小琪官儿一同拿下，也给他来几板子，看他还傲不傲了？！"薛蟠热得敞着怀，身后小厮打着扇，他依旧拿衣襟扑扇着，大声笑道，"若是把那小琪官儿的小屁股蛋子给打开花了，我这就冲进去，豁出一身剐，也要英雄救美。"

众人闻言哄堂大笑。不一会儿有小厮来报，说是老太太把宝玉弄走了。贾珍道："既如此，我等也就放心了。你们再去打听打听，打得如何了。若是重，明日我带些药瞧瞧去。"又转脸对贾琏和薛蟠道，"这会子，老太太正在气头上，咱们几个还是别往网里碰了，不如今日去我那边共饮一杯如何？"

"今日我做东，锦香院如何？"薛蟠笑嚷道。

"好，今日便是锦香院了。"贾珍笑道。

一伙人说笑着出门上了马往锦香院而去，直乐至夜半方散。

薛蟠回到家中，见母亲同妹妹都没歇呢，便压着酒气问她们宝玉今日挨打之事，不料薛姨妈和宝钗皆以为宝玉挨打是他告的密，抑或是他一时不慎说漏了嘴，气得薛蟠跳将起来，抽了门闩子要去找宝玉拼命，又骂众人："谁这样赃派我？我把那囚攮的牙敲了才罢！"

众人皆敛气屏息，谁敢接茬？薛姨妈、宝钗慌忙拉住，又反过来满口里哄劝于他。薛蟠气得混嚷了一通什么"金锁配宝玉"之类的话责怪宝钗偏心，把宝钗气得哭了一夜，他自己也弄得无趣得很，把白天那点兴头败得干干净净。

次日酒醒，悔恨不已，至薛姨妈和宝钗面前赔了礼道了歉心下方安。

第八回

遇村妪巧姐儿得名
打野食鲍二家丧命

且说那宝玉自挨了贾政这一顿狠揍,索性以此为借口,躲在二门之内每日只与丫鬟、姊妹们厮混。有贾母护着,贾政也不敢寻他。直到八月二十二贾政点了学差,宝玉这才不得不同贾琏等诸子弟一起拜过宗祠,将贾政送至洒泪亭而别。宝玉自回内宅,贾琏则同贾珍回大书房商议过年的事,盘查底下各庄账目,列礼单、写客单,准备元春的寿礼,打造年节打赏、押岁的花样小金、银锞子,订制祭祖的各式用具,虽说年年祭祖程式相同,但器皿务求年年有新意,好叫祖宗有灵,看着也欢喜;诸般事宜,皆是过完中秋便要着手忙碌。

这一日,贾琏在外忙碌,至晚方归,刚进院便听见凤姐与平儿并大姐儿的说笑声。贾琏进屋笑道:"说什么呢?这样高兴?"

"我们姐儿今儿可得了个名儿了。"凤姐笑道。

"什么名儿？"

"巧哥儿。"凤姐道，"可好？"

"有什么好的？村妇一般。"贾琏皱眉道，"什么人起的？"

"二爷还真有眼力。"平儿笑道，"可不就是个村妇给起的。"

"谁啊？"

"就是我上回跟你提过的刘姥姥。"凤姐道，"跟咱们家老祖宗论过同宗的那王狗儿家。"

"别咱们，你家。听听这名字，王狗儿，你们家老祖宗可真会挑亲戚。"贾琏撇嘴笑道，"她又来啦？"凤姐听他说得刻薄，本想与他争辩，想想算了，免得坏了自家兴致，便笑道："是，这两日哄得老太太还挺高兴的。我想他们庄稼人贫苦，姐儿老是病病唧唧的，叫她给起个名压一压，也借借她的寿。你若觉着不好，便不用拉倒。"

"一个女娃娃的乳名罢了，什么大不了的事，叫就叫吧。"贾琏不以为然道，"我还没吃饭呢，你们用过了么？"

"都没呢，这就叫端上来吧。"凤姐转脸对平儿道。

奶妈子进来抱了巧姐儿出去，平儿伺候他二人用饭。凤姐道："你也盛一碗来，一道吃了得了。"三人饭毕，小丫头来收拾了碗筷，当夜无话。

次日晨起，未及洗漱便有小丫鬟跑来报信，说是贾母欠安。凤姐赶紧进去伺候，贾琏忙出去差人去请太医，自己同着贾珍、贾蓉在门前候着。一时六品医官王太医来到，三人忙将王太医领进，诊完脉，又复领至外书房，并无大碍，不过是偶感风寒。太医开了方子刚要告辞，奶妈子抱了巧姐儿出来请太医顺便也瞧了瞧，并无大碍，不过是小孩子积食，净饿两顿即可。

贾珍、贾琏将王太医送出，命人按方治药。贾母吃了一剂药疏散疏散也便好了，又想起九月初二乃是凤姐的生日，便同王夫人商量要替凤姐过生日，还说要让贾珍的媳妇尤氏过来张罗此事，叫凤姐不用操心，只管受用一日。凤姐得了这个话，自是高兴，回家便说与贾琏。贾琏笑道："这回你可称心如意了。"

到了初二这一天，凤姐一早便起来打扮得花枝招展地同平儿进园去了。尤氏操办得十分热闹，不但按凤姐的意思特叫了一班外头的戏班子，还请了耍百戏并说书的男女瞎儿，园中人人都凑来取乐玩耍。

　　贾琏在外应酬一番，喝了不少，觉着头有些发沉，便趁着人多嘈杂，溜回屋里睡了一觉。青天白日的竟做了一场春梦，一觉惊醒，却见空落落一张大炕，只自己一人，想想梦中情形，意兴勃发，便叫小丫头到园子里瞧瞧凤姐和平儿谁得空。那小丫头看了来回说："二奶奶她们才坐席，平姑娘也忙着呢。"

　　"你可认识鲍二老婆？"贾琏问那小丫头。

　　"谁不认识她？！"小丫头抿嘴笑道。

　　"既是这样，你且过来，帮爷去办点事。"贾琏低头略一沉思，起身开了箱子，拿了两块银子、两根簪子、两匹缎子，"你将这些东西悄悄地递与她，叫她悄悄地赶紧进来。"说着又摸了块碎银子给那丫头，"这个给你。"小丫头接了东西，连声谢道："多谢二爷，我这就去。"不一时，那鲍二家的便风摆杨柳地来了。贾琏一把搂住，回首对门外的小丫头道："你去前头廊下瞧着点二奶奶。快去！"小丫头子答应着去了。

　　谁知凤姐在外头被众人你一盏我一盏地灌多了，觉得心里突突地往上撞，便想悄悄溜回家歇歇，平儿见状赶紧跟了出来。那望风的小丫头看见她俩来了，想要回去给贾琏报信，哪里来得及？被凤姐打了几下便竹筒倒豆子，全说了。

凤姐气得浑身发软，带着平儿回到家，于窗下听见贾琏与那鲍二家的说笑，一边咒自己早死，一边满口夸赞平儿，还欲等自己死后将平儿扶正，心中越加怒不可遏，气得浑身乱颤，回身先把平儿打了两下，一脚踢开门，进去连撕带打，连嚷带骂，直闹到贾母跟前。贾琏趁着酒气，又仗着贾母素日疼他，拿了把剑扬言要杀了凤姐。贾母气得要叫人去喊贾赦，贾府里的规矩向来是儿子怕老子、弟弟怕哥哥的，贾琏这才吓得趔趄着脚儿往外书房去了。晚上回房，独宿一晚，好不冷清。

次日贾琏酒醒，懊悔不已，知道凤姐昨夜歇在贾母处，平儿被李纨带走安抚，小丫头伺候着梳洗了，也无心早饭，坐着发愣，不知该如何是好。却听邢夫人走来道："二爷可醒酒了么？"

"太太早，二爷早起了。"门外小丫头应道。

贾琏闻言忙起身出屋，见了邢夫人行礼问安。邢夫人道："我昨儿一夜不曾安枕，走吧，赶紧跟我去见老太太赔礼道歉去。"贾琏不敢违拗，跟着邢夫人进园，路上悄悄问邢夫人："老爷可知此事了？"

"你老子那性子,你还不知道?"邢夫人道,"我哪里敢告诉他?他若知道今儿还这么太平?!"

其实邢夫人昨日到家便将此事告知贾赦,不想贾赦听了不怒反笑道:"这才像我的儿子,平日里只知在媳妇面前低头伏小。那凤哥儿也忒要强,我们这样的人家,谁家没个三妻四妾的?她自己不容人,还不许他打野食?"又想了想道:"此事你只说我一概不知。"邢夫人连连点头称"是",贾赦皱眉道:"琏儿这个下流种子,竟治不了自己屋里人。"略一沉吟,又笑道:"赶明儿,指不定我一高兴还要赏琏儿一个两个的,我看她天天闹去?!"邢夫人一旁满脸赔笑听着。

此刻贾琏听了邢夫人的话,忙站下施礼道:"多谢太太周全。"邢夫人伸手扶住笑道:"你这孩子,同我客气什么?!"二人一路说一路走,一时到了贾母处,少不得赔礼认错,与凤姐、平儿三人和好如初,给贾母、邢夫人、王夫人磕了头,老嬷嬷将他三人送回自己房中。夫妇二人正说着话,有媳妇进来回说鲍二家的上吊死了。二人闻言皆吃了一惊,但凤姐恨犹未消,便呵斥道:"一个钱不许给!"又放了一通狠话。贾琏溜出来同林之孝商议,林之孝道:"那鲍二家的娘家人要告呢。"

"你快快着人去找鲍二,只要他不出头,她娘家人也是无可奈何的。"贾琏道,"先拿二百两银子出去打点。"

林之孝领命而去,贾琏想想心里不踏实,叫了赖大过来,吩咐他去一趟王子腾府中,如此这般交代了一番,求王子腾帮忙遮掩。赖大到了王府,哪敢实话实说?只说是鲍二家的在园内办事不周,被凤姐辱骂、责打,羞愤自尽。王子腾听说虽然心中不快,但事已至此,只得让人拿了名帖随赖大一起到府衙,官府派了几名番役并仵作等人一起帮着办丧事。其余人等一见官府出面料理丧事,自是定论的意思,哪里还敢多话?

贾琏又命人将鲍二唤至跟前道:"你也不必太过伤心,改日有好的我再给你说上一房。"又叫昭儿拿了二十两银子递给鲍二。鲍二接了银子,跪在地上磕谢不已,倒反过来安慰贾琏道:"二爷情深意重,我那媳妇儿自己无福,二爷也别太难过了,恐伤了贵体。"

昭儿一旁听他胡言乱语,忍不住"噗嗤"笑出声来,被贾琏瞪了一眼,吓得赶紧憋住。

贾琏听他说得不堪,也难再说什么,便道:"你且先去吧。"

"是是是，二爷有事只管吩咐，小人无不尽心。"鲍二趴在地上又磕了个头，抱着银子欢天喜地地去了。

"这世上尽有这样的混账东西？！"昭儿看着鲍二的背影摇头道。

"我的儿，你从小跟着爷一起，不愁吃穿，哪里知道银子的好处？"贾琏笑道。

"那二爷这会子不如也拿了二十两来赏我，叫我也体会体会银子的好处？"昭儿笑道，"只是我却没什么媳妇子拿来孝敬爷。"

二人正说笑着，林之孝走了来，将支领银子的票据拿给贾琏过目："二爷，这一宗银子却如何走账呢？"

贾琏斜了林之孝一眼道："自是入在流年账上。"林之孝答应着去了。

晚上贾琏回屋，听见凤姐说了赖大的儿子选了州官了，今日赖嬷嬷特来请贾母等人十四日上他家的园子逛逛去。

"白日里赖大也同我说了。"贾琏笑道，"不承想赖尚荣这小子如今竟也抖起来了。"

"那还不是肥狗胖丫头，主人脸面？"凤姐笑道，

"他不过是个七品芝麻官儿罢了，如何同国舅爷这五品同知相提并论？"

"怎么，你不服？"贾琏笑着上炕道。

"我岂敢不服？不服二爷又该拿剑杀我了。"凤姐笑道，说着却忍不住红了眼圈。

"你看你，老太太不是说了谁也不许再提了嘛！"贾琏过来搂住凤姐，"当着一屋子的人我都跪了一跪，你是争足了光了，这会子还唠叨。你也细想想，难道全是我的不是？"又笑道，"叫他们赶紧摆了饭菜上来吧。吃完了早点歇了，一会子脱了衣裳我再给你跪点儿新花式消消气可好？"

凤姐啐了一口，"噗嗤"一声笑了。

第九回

有眼无珠薛蟠被揍
天良未泯贾琏挨打

这日贾琏正在外书房议事,忽听里头有贾赦的小厮传唤。贾琏赶紧进去,见贾赦与邢夫人都在,忙上前行了礼。贾赦道:"南京的房子还有人看着,不止一家,你即刻叫了金彩上来。"贾琏心中纳闷,回道:"上回南京来信便说了金彩痰迷心窍,那边连棺材银子都赏了,这会子叫他来做什么?"

"老爷让你叫,你便叫就是了。"邢夫人一旁道。

"不是不叫,是如今连死活都不一定呢,便是叫来,人事不知,又有何用?"贾琏辩道。

"那便叫了他老婆来也行。"邢夫人道。

"他老婆却是个聋子。"贾琏笑道。

"下流囚攮的,"贾赦闻言喝道,"偏你这么知道。还不离了这里!滚!"

贾琏被骂得一头雾水，又不敢询问，只得退回书房等候，不敢回家，也不敢去见贾赦，直到听得贾赦睡下了，才敢回房。等见了凤姐，这才明白。原来贾赦看中了贾母的大丫头鸳鸯，叫邢夫人去讨。邢夫人便让鸳鸯的嫂子金文翔家的去说，结果那媳妇子被鸳鸯骂了一顿，想必贾赦是想将鸳鸯的老子金彩调来压她的。贾琏这才恍然大悟。

"不知金文翔今日被叫进去好一阵子，老爷跟他是怎么说的？"贾琏沉思道。

"还能怎么说？不过就是许以金帛、富贵之类罢了。"凤姐冷笑道，"再不成便喊打喊杀地吓唬一通呗。"

次日，贾琏让昭儿悄悄进去打探，昭儿回来瞪眼咋舌道："爷这两天还是离大老爷远着点儿吧，连你也骂上了。"

贾琏奇道："此事与我何干？怎么就连我也骂上了？"

"说是鸳鸯不愿意，金文翔也拿她没辙，大老爷便说'自古嫦娥爱少年'，那鸳鸯不是看上了宝二爷便是看上了二爷您了。"

贾琏闻言笑道:"那后来呢?"

"说是要叫太太亲自问去呢。"昭儿道,"倘太太问了又肯了,便要摘了金文翔的脑袋呢。"

贾琏还欲再问,有人进来回话,便将此事先放下了。不一会儿,贾赦着人来传,便赶紧进去了。原来贾赦见邢夫人去得久了,自己又不便进去打探,便让贾琏去将邢夫人叫回来。贾琏路上想了个由头,到了贾母处,进了堂屋,将脚步放轻,往里间探了探头,只见贾母、薛姨妈、王夫人、凤姐正坐着玩牌,鸳鸯在贾母下手坐着,唯有邢夫人在边上站着。凤姐眼尖,一眼看见贾琏,忙使眼色不叫他进来,却被贾母无意瞥见了身影。贾琏只得进去赔笑道:"打听老太太十四出门不出?好预备轿子。"

贾母心知是贾赦差他来做耳报神的,气得将他与鲍二家的事抖出来骂了两句,撵了出去。贾琏一声也不敢言语,出来便看见平儿在窗外站着,见贾琏灰溜溜的样,悄声笑道:"碰在网里了?"贾琏一步跨上前,将平儿推到墙上,恨声道:"你个小蹄子,不说心疼我,倒站在干枝上看笑话。"

"我说了,你便听我的么?"平儿悄笑道。

贾琏搂住亲了一下，悄声笑道："听，事事皆听你的。"

二人正说笑着，见邢夫人也出来了，贾琏这才放开平儿，迎上前道："都是老爷闹的，如今都搬在我和太太身上了。"

邢夫人刚被贾母训了一顿，正积了一肚子的怨气，出来刚好又看见贾琏与平儿调情，此刻又听贾琏如此说，怒道："我把你这没孝心的雷打的下流种子！人家还替老子死呢，白说了几句，你就抱怨了。你还不好好的呢，这几日生气，仔细他捶你。"

"太太快过去吧。"贾琏自知失言，忙道，"叫我来请了好半日了。"说着，将邢夫人送回别院才回书房。

邢夫人将贾母训斥之言略说了几句给贾赦听，又将贾琏抱怨之语假装无意顺带着也说了，贾赦听了，因被贾母责备，心下惭愧，因此只低头沉默，并未多言。

贾琏至晚回屋见了凤姐又想起来："哎，鸳鸯的事今日可究竟是怎么说的？"

"你不问我也正要同你说呢。"凤姐笑道，"那鸳鸯今日当着老太太的面铰了头发，说是宁愿当姑子去也不跟大老爷。啊哟，说得那个惨烈哟，把个老太太说得火冒三丈,说老爷算计她。可笑大太太还不知道鸳鸯早把戏做足了,竟还跑去打算亲自同老太太讨去。"

"里头竟还闹了这么一出?"贾琏亦笑道,"那老太太怎么说?"

"难道我还留在那儿等着看大太太没脸不成?"凤姐坏笑道,"不过老太太倒是说了,叫我把鸳鸯带回来呢。"

"当真?"贾琏眼睛一亮,转念笑道,"我不信。"

"怎么不信?当着一屋子的人说的。"凤姐斜着眼瞧着贾琏笑道。又高声叫道:"平儿。"一时平儿进屋,凤姐笑道:"平儿你说,老太太今儿是不是当着众人的面说了要将鸳鸯送给二爷?"平儿抿着嘴笑,不答言。贾琏看了看凤姐,又看了看平儿,笑道:"我有这一对娇妻美妾,给我个西施、貂蝉也不稀罕呀。"

转眼到了十四日,一清早天不亮地不亮的赖大媳妇便在贾母房前恭候了。贾母起来洗漱了,带着王夫人、薛姨妈及宝玉姊妹一众人等,到了赖家。贾珍、贾琏、贾蓉、薛蟠几个也应邀前往。

这赖尚荣还请了几个现任的官长并几个世家子弟作陪,内中有个柳湘莲,生得风流俶傥,酷好耍枪舞剑、吹笛弹筝，因父母早丧，因此行为任意放诞，无所顾忌，又好串些生旦风月戏文，故虽是世家子弟，不知底细的却常将他当作优伶一类。他素与宝玉、秦钟之流交好，即便是秦钟已逝也依旧不忘旧情，时时去他坟上看顾一二，却唯独瞧不上薛蟠，今日因见薛蟠在座便欲早去，于是同宝玉悄悄话别，提前离席，谁知刚走至大门前，便听见薛蟠乱嚷："谁放走了小柳儿！"那柳湘莲听了，直气得五脏六腑火星炸裂，恨不得即刻便将那呆子一拳打死，却又碍于赖尚荣的脸面，只得强压怒火，心生一计，将薛蟠诓至城外人迹罕至处，一顿暴打，又拖了按到泥潭中浸了数浸，方才扬长而去。

贾珍等席上不见了薛蟠与柳湘莲，便命贾蓉去寻。薛蟠的小厮说他出北门去了，不让人跟着。贾蓉带人找出二三里路，方自芦苇丛中将薛蟠拖了出来。众人见薛蟠衣衫零碎，面目肿破，没头没脸，遍身内外滚得泥母猪一般，皆掩口偷笑。贾蓉心内早已猜着几分，一边说笑一边还要将薛蟠抬到赖家赴席去，急得薛蟠百般央告，这才让小厮们送他回家。贾珍、贾琏听说，笑得不行。贾珍道："他也须得吃了亏才好。"贾琏亦道："非如此，他断不肯安生几日。"

薛蟠挨了这顿打,数日后,伤痛虽愈,但愧见亲友,只在家装病,又想想总非长久之计,倒不如同着几个老练的家人一起出去历练历练,也好散散心、遮遮羞,于是定了十月十四日起程。至十三日,薛蟠先去辞了王子腾,然后回来去辞贾珍、贾琏等人。贾珍少不得替他饯行,几人喝到至晚方散。贾琏从宁府回来,刚进荣府院内,便见贾赦的小厮跑来叫他。贾琏慌忙镇定心神,赶了过去。

一进门便见贾赦满脸喜色,书桌上放着一堆扇子,见贾琏进来便递了一把给他。贾琏接过一看,竟是湘妃的,走近桌边连拿了几把打开来看,皆是棕竹、麋鹿、玉竹之类,分明是那"石呆子"的存物。贾琏奇道:"老爷从哪里得来的?他竟肯了?到底最后花了多少银子他才肯的?"

"哼!"贾赦冷笑道,"没用的东西,就知道花银子。人家雨村随便寻了他个不是,便将这扇子抄来了。作了官价送了来。"

"那,那'石呆子'人呢?他是宁肯不要命也断不舍这扇子的呀。"

"管他死活呢!雨村只说他拖欠官银,拿了他到衙门里,一顿板子下来,还有个不老实的?末了只说所欠官银,变卖家产赔补,不追究他别项罪责了,这已是天大的恩典了,他还有何话说?不说你自己没能耐,人家怎么弄来了?"

贾琏也是吃了些酒在肚中,听了贾赦之言脱口便道:"为这点子小事,弄得人坑家败业,也不算什么能为!"

"下流囚攘的,敢拿话堵老子!"贾赦说着上前便是一脚,"前几日还抱怨老子拖累了你,你打量你说的话我都不知道么?"贾赦想起鸳鸯的事,心头火起,抓起桌上的花瓶便砸了过来,亏得贾琏闪得快,躲开了。贾赦见他闪开,便搬起架上的一盆兰花砸了过去,花盆"啪"的一声落到地上。贾赦越发来了气,提起花架子没头没脸地便挥了过去。贾琏下意识地举起胳膊一挡,顿时一阵钻心般疼痛。花架子沉重,贾赦把持不住,砸到贾琏腿上,跟着滚落砸到脚背上,疼得贾琏满口里告饶。众小厮见了皆不敢上前劝解,吓得跪了一地,唯有看着干着急。

贾琏的贴身小厮昭儿、隆儿见状,急得在外头直跺脚却也不知该如何是好。

里头贾赦扭头看见榻旁胆瓶里插着的掸子，一把抽了出来，对着贾琏劈头盖脸一顿乱抽，直打得自己手软了，方坐下喘息。贾琏早已被打得跪着趴倒在地。

"滚，滚，滚，还不离了我这里？！"贾赦一迭声骂道，"囚攮的，是要气死我才罢休么？"

那贾琏待要起身，哪里还站得起来？昭儿、隆儿赶紧进来，和着贾赦的小厮一起将贾琏架了出去，到了外头，才又找了张躺椅让贾琏坐了，抬回房去。

凤姐、平儿见了，又痛又气。凤姐到外间厅里叫了昭儿进来，仔细问了缘故。平儿在里头忙着替贾琏褪下染血的衣衫，将身上仔细地擦拭了，好在不过是些皮肉伤，拿被子轻轻盖上。

贾琏侧身躺在炕上，既不能平躺，亦不能俯卧，疼得直哼哼。平儿见他脸上亦有两处伤痕，伸手轻抚伤处，忍不住滴泪道："这哪是亲生父子，就是前世冤家呢！下这样狠手！"贾琏握住她的手强笑道："你若真心可怜我这没娘的孩儿，打今儿起你可得对我好点儿了。"平儿气得笑道："你也真是打不怕，都这样了！还有精神贫嘴。"贾琏见她脸上犹自挂着泪珠儿，伸手替她拭去泪痕，顺势便搂了过来，平儿忙要推开，"哎哟！疼！疼！"贾琏嚷道，吓得平儿赶紧松了劲，依顺着让他亲了一回。又怕一时凤姐回来，平儿急忙起身坐正。俩人正说着话，凤姐前头回来了，将昭儿的话同平儿大致说了一遍，又转脸对贾琏道："想必为着鸳鸯的事，老爷也是怪我们没出力的。这些日子，太太见着我也是爱搭不理的呢。"

贾琏摆摆手，不让凤姐多说。凤姐只得闭嘴，近前仔细看了贾琏身上的伤，恨得将那贾雨村咬牙切齿地又骂了一顿："哪里来的饿不死的野杂种！认了不到十年，生了多少事出来！"末了想起薛蟠前阵子挨了顿打，应该会有棒疮药，便对平儿道："你明儿去姨妈那看看，去寻点上棒疮的药来。"

"我这就去。"平儿道。

"你明儿再去吧。今儿太晚了，姨妈怕是早歇下了。"凤姐道。

"那我把上回薛大爷拆散的珠花上再拆两颗珠子下来研面儿，给二爷敷脸上吧，别再落了疤。"

凤姐看了看贾琏脸上的伤痕，叹了口气道："拆吧拆吧，多拆几颗，多敷点儿。"

第十回

染暗疾凤姐荐平儿
不了情贾琏祭尤氏

贾琏被打得下不来炕,这可急坏了贾珍,眼看着已进腊月,祭祖的日子一天逼近一天,总算是盼得贾琏伤愈理事。凤姐也与王夫人一起忙着内宅的年事不说。

这日贾珍开了宗祠,正看人打扫收拾供器,贾琏过来。二人见了礼,贾珍道:"你可知那贾雨村又升了?"

"这样的混蛋,怎么又升了?"

"想必又是王家舅老爷提拔的吧。"贾珍背着两手,眼睛望着众人做事,凑近贾琏耳边小声道,"王舅老爷升了九省都检点了。那雨村补授了大司马,协理军机,参赞朝政。"贾琏听了,愣了一会儿笑道:"好事啊,可喜可贺。"贾珍一笑,也道:"是啊,可喜可贺。"

到了腊月二十九日,各色齐备,贾母等有封诰者先入宫进贺毕,回来方才祭祖。贾敬主祭,贾赦陪祭,贾珍献爵，贾琏、贾琮献帛，宝玉捧香，贾菖、贾菱展拜毯。一时礼毕，尤氏等将贾母送回荣府。贾敬、贾赦早领了众子侄提前候在贾母处，等着给贾母行礼。家中诸人皆按长幼、高低互相行了礼，又散了押岁的钱、荷包、金银锞子，这才摆上合欢家宴。贾珍、贾琏、贾环、贾琮等人一桌。

贾珍趁空小声对贾琏道："凤姑娘越发有本事了，老太太的东西竟也有能耐弄出来当银子用呢。"贾琏疑道："谁没事瞎嚼蛆呢，就算老太太老了，鸳鸯难道是傻子、瞎子？"贾珍笑笑，举杯道："来，今日合欢家宴，我敬各位兄弟一杯。"贾琏只得跟着举杯宴饮不提。

是日晚上，各处佛堂香火不断，大观园正门上也挑着大明角灯，两溜高照，处处皆有路灯，合府上下人等，无不打扮得花团锦簇，一夜人声嘈杂，笑语喧阗，爆竹声声，络绎不绝，好一派富贵荣华景象。

转眼便至十五之夕，贾母命人在大厅上摆了几席，定了一班小戏，满挂各色彩灯，领着众子侄家宴。贾母也差了人去请族中人等，无奈众人或家中有事缠身，或妒富愧贫，还有憎畏凤姐为人的，俱各找了些借口推托不来，只有贾芸、贾芹、贾葛、贾菱几个现在凤姐手下谋活儿的全都来了，女宾只有贾菌母子二人应邀前来。好在宁、荣二府人口众多，也还算是热闹。小戏一出唱完，贾母一声"赏"，贾珍、贾琏早已命小厮们抬了大簸箩的钱暗暗备着了，听见贾母发话，忙命小厮们快撒钱。只听满台钱响，贾母大悦。

贾珍、贾琏又捧了把新崭崭的乌银暖壶挨席给长辈们敬酒，贾环等见状也赶紧进来敬酒，贾母甚喜。又看了一回戏、听了一回书，贾母便叫贾珍领着男宾退出去了，只留下贾蓉斟酒服侍。贾珍答应了便领着贾琏等人退出，安排人将贾琮送回家去，叫贾芸等也各自散去，他与贾琏二人这才相视而笑。"凤姑娘今晚估计要到天明才得回了。"贾珍笑道。

"珍大嫂子想必也走不脱。"贾琏也笑道，"大哥还不赶紧回去同几位小嫂嫂过节？"

"我与她们哪天不好过节？"贾珍道，"倒是兄弟你却如何自处呢？"见贾琏微微叹了口气，笑道："上回薛老大领着的云儿却是有点意思。"

"既如此，还等什么？"贾琏笑道，"走吧，锦香院去者。"二人大笑出门。

刚将年事忙完，凤姐便小月了，躺在炕上一个月不能理事，天天两三个太医用药。平儿又要照应凤姐，又要理事，忙得不可开交。贾琏乐得没人拘着，同着贾珍到处追欢买笑，着实快活了一阵子。

凤姐在内亦有所闻，担心贾琏将心耍得散了，便叫平儿伺候了两回，到底自己心里也想，便强撑着与贾琏同了两回房，岂知竟着实地亏虚了下来，一月之后，竟添了下红之症，自己却又碍于面子，怕落人耻笑，每日强撑着理事，却是越急病去得越慢，床帏之间也再不敢唐突，一直调养到八、九月间，这才渐渐地恢复过来，下红也才渐渐地止了。这期间凤姐暗自揣度，与其让贾琏出去沾花惹草，倒不如叫平儿着意拴住他，于是暗地里嘱咐平儿，又明里叫贾琏看顾平儿。那贾琏虽将平儿收了房几年了，可是每每都如同做贼一般，从不曾恣意而为，这回得了凤姐这般法旨，大喜过望，这才得与平儿颠鸾倒凤。那平儿的温柔贤顺岂是凤姐可比？贾琏越发怜爱，自此心中却将平儿放到了凤姐之上，只是不敢显出来，恐反害了平儿。平儿在凤姐面前也越加低眉顺眼，小心伺候，唯恐惹得凤姐嫌憎。眼看着天气渐渐炎热，却不想贾敬吃多了自制的丹砂，竟死在了酷暑之季，因贾珍、贾琏、贾母、王夫人等有品、有诰封的皆忙于守国丧，独尤氏报了产育守家，此刻出了这等大事，只得将她继母尤老娘并两个隔山隔水的妹妹一同接来帮忙。那贾琏早闻尤氏姐妹艳名，常恨无缘得见，这回因了贾敬停灵之便终于见着了真人，怎不眉目传情，百般撩拨？恰好贾蓉素来与他这两个姨娘有情，只因贾珍夹在当中，不能畅意，这回看出贾琏心意，正好顺水推舟，撺掇着贾琏将尤二姐偷娶了藏在外头，想着自己得空也好去厮混厮混。

贾琏将尤氏偷娶了藏于宁荣街后二里远近处的小花枝巷内的一所宅子里，又买了两个小丫头。贾珍又将鲍二两口子送与贾琏，那鲍二得了银钱哪里还管从前老婆是因与贾琏有私方才丧命的，同他现今的老婆一起，只一味地赶着奉承贾琏。贾琏看那尤二姐是越看越爱，不知如何奉承才好，便将自己多年的积蓄一股脑皆搬来小花枝巷，交与二姐收藏。二姐见他如此待自己，心下惭愧不已，对往事亦追悔莫及。贾琏恐她心中有结，便劝她："谁人无错，知过必改就好了。"二姐察言观色，知他所言非虚，确是不思以往之过，只念今日之善，心中感念，更加柔情侍奉。二人如胶似漆，似鱼如水，誓同生死，恩爱无比。

岂知凤姐闻讯趁着贾琏替贾赦去平安州办事之际，将尤二姐连哄带骗弄进府内，自己怒气冲冲跑到宁国府大闹了一场，讹了尤氏与贾蓉五百两银子。与此同时，她暗中唆使与尤二姐指腹为婚的原皇庄庄头的后人张华到都察院去告贾琏与贾蓉，又唯恐都察院见着贾琏名头不敢轻举妄动，暗使家人王信送了三百两纹银与都察院。那都察院本就与王子腾交好，见了王信与银子，自然皆按凤姐意愿行事，只一味地虚张声势传唤贾蓉到堂。

贾珍闻讯即刻封了二百两银子，着人去打点都察院。那都察院收人钱财自当替人消灾，便只说张华无赖，以穷民讹诈，连个状子也不曾收，便打了一顿赶了出来。无奈凤姐又差家人庆儿调唆张华要人，于是张华复又再告，王信奉命又私下去找都察院，都察院便依凤姐之意将尤二姐判与张华。贾珍却又暗使人去劝张华，许以金银。张华父子原本无心娶亲，得了百金之数，喜之不尽，起个大早便回老家去了。

凤姐得了消息深悔不已，心想即便尤二姐跟了张华去，贾琏回来花几个钱还不是一样包占住。如今自己白忙一场，反落了个把柄在张华父子手上，越想越是心神不安，便又叫来家人旺儿，务将张华治死，斩草除根，以绝后患。那旺儿回到家中，想想人命关天，非同儿戏，哪里肯为凤姐去冒这样的险？在外躲了几日回去复命，只说张华父子路遇强人，皆客死他乡了。凤姐听了虽将信将疑，然也只得作罢。

那尤二姐进了贾府便如羊入虎口，只能任凭凤姐摆布。可惜她那能与凤姐匹敌的妹子尤三姐为着被柳湘莲拒婚，羞愤交加，抹了脖子，否则或可为她做主一二。

偏生贾琏平安州的差事办得漂亮，贾赦一高兴不但赏了他一百两银子，还将自己房中的一个名叫秋桐的丫头赏了给他，因此贾琏回来见凤姐与尤二姐相处甚安，也就安下心来，只一心与秋桐厮混。

本来这尤二姐已是凤姐心头扎着的一根刺了，这根刺尚未拔除，却又平添了秋桐这根新刺，气得凤姐寝食难安。她思之再三，且将秋桐做杆枪使，先收拾了尤氏再说。那秋桐在贾赦房中不过是个未正名的丫头罢了，心里能有什么成算？凤姐三言两语便让她着了道，事事冲在前头打先锋，扰得那尤二姐一时一刻亦不得安生，且嚷得众人皆知，独瞒着贾琏一人而已。

没过多久这尤二姐便中了凤姐圈套，所怀男胎被打了下来，顿觉生无可恋，吞金而亡。贾琏闻讯赶到，抚尸痛哭。尤氏和贾蓉亦闻讯而来，少不了亦大哭一场。贾琏哭罢去见王夫人，跪下垂泪道："自打宫中老太妃薨，家中戏班子便散了，那梨香院便一直空着，太太您平日最为慈悲，看在侄儿与她夫妻一场，她又为我怀了个男胎的份上，求太太容她在梨香院停放五日，我便将她挪到铁槛寺去。"王夫人听了自然不好拒绝，当下便点头依允了。

贾琏出来叫人去开梨香院的门，昭儿跑去问了一圈来回："二爷，梨香院的钥匙还在蔷哥儿手里未交呢。"

"那就快去寻蔷哥儿呀！"贾琏训斥道。

"是，我是怕爷等得心焦，所以先来回一声再去。"昭儿道，"蔷哥儿如今在外头住着，来去要费点儿时候。"

"混账东西，有着站在这儿说这一堆废话，路都跑了一半了。"贾琏气得抬脚要踢，吓得昭儿一溜烟跑了，出了门，快马加鞭直奔贾蔷处。

贾蔷如今独住在贾珍替他置办的城外一所庄园内，今日无事正与龄官在廊下说笑，却有丫鬟进来报说贾琏的小厮昭儿来了,贾蔷便叫进来回话。昭儿进来说了贾琏借梨香院的事,贾蔷道:"你稍候,我更了衣便同你一起去见二叔,正好也将这钥匙正式交回,顺便也拜一拜亡人。"

贾蔷过来,开了梨香院的门,帮着收拾出三间正房停灵。贾琏嫌后门出灵不便,叫贾蔷去找人来在正墙上开了扇通街的大门。

那贾蓉一场算计非但都成了空,还被扯进了官司,又被凤姐逼着当众磕了无数个头,心中怨毒难以言表,此刻见贾琏对尤二姐怀念不已,便上前劝道:"叔叔解着些儿,我这个姨娘自己没福。"一头说一头拿手暗指大观园的界墙。贾琏会意,悄悄跌脚道:"我想着了,终久对出来,我替你报仇!"

凤姐推病不出,表面上由着贾琏自行料理,却悄悄绕到北头墙根下往外听,可巧听见贾琏吩咐要将二姐停满七日,等到外头再放五七,等做了大道场再掩灵,还要挪至南方祖坟下葬。凤姐气了个半死,又不好去当面与贾琏争执,低头略一思索,便来至贾母处,如此这般地说了一通。贾母哪里知道详情,自然以为凤姐是最通情达理之人,当下不快道:"信他胡说,谁家痨病死的孩子，不烧了一撒？还认真开丧破土起来！不过既是二房夫妻一场，便停个五七抬出去，或一烧，或捡乱葬地上埋了完事。"凤姐得了这话，方才宽了心。一时贾琏叫人进来拿银子办事，凤姐絮叨了几句，撂了二三十两银子出来，恨得贾琏无话可说，待要找自己交与尤氏的体己钱，多年的积蓄早被凤姐一扫而光。亏得平儿偷偷给了他二百两碎银子，贾琏心内感激，将尤氏的一件旧物交与平儿收着，作个念想，又细问了二姐往日情由，平儿悄悄地将秋桐之事告知。贾琏想起贾蓉之言，恨得咬牙跺脚，因忙着二姐的丧事，只得且将此事暂撂一边，出去又赊了五百两的棺材板，这才将丧事风风光光地办完。

贾母又被凤姐唆使，将贾琏叫了进去，当面又交代了一遍不许将尤二姐送往家庙，不得葬入祖坟。贾琏无奈，只得将尤二姐同她妹子尤三姐葬在了一处。

料理完丧事，贾琏回来暗地里找人细细盘问，将尤二姐的死因弄得清清楚楚，面上不好责怪凤姐，却是再不往秋桐房内踏入一步。

那秋桐哪里受得了这个，便找邢夫人哭诉了几回。邢夫人起先还把贾琏叫来骂两句，后来听得烦了便再不肯轻易见她了。秋桐只得至凤姐处哭诉。凤姐早听说了她找邢夫人告状的事，知道邢夫人已是再不肯替她出头了，这才拿出昔日威势，怒道："下作的死娼妇，成天嚎丧，怪不得我这一向身上都不大得意，想就是因为你呢。你咒死了我那妹妹，如今越发想嚎丧咒我死呢！你打量着我死了，便是你的世界了？"凤姐越说越生气，"来人，给我拖出去掌嘴，把这专只会捻酸呷醋，眼睛里没主子的混账淫妇给我拖出去打烂了！"

几个婆子一拥而上，将秋桐拖了出去。那秋桐杀猪似的叫起来，来旺家的伸手扯下她腰上汗巾子往嘴里一堵，几个妇人将她按倒在地，抡起板子没头没脸地捂将下来，打得秋桐奄奄一息，拖了扔进她自己房中，也不延医请药，有一顿没一顿地供着，没熬几天便一命呜呼了。

凤姐先说与贾琏，秋桐染病不治而亡。贾琏听了默然无语，略坐了坐便出去了，也不再提及。凤姐又去报与邢夫人，只说是得了女儿痨，百般医治无效。邢夫人听了亦不以为意。

那秋桐不过是个未正名的通房丫头，原本亦不过是从人牙子手里买来的，籍贯家乡、本来姓氏皆无人知晓，拖出去一把火烧了了事。

第十一回

车水马龙贾母寿诞
外强中干贾琏借当

自从尤二姐死后,凤姐便一直病病歪歪,家务事都是李纨、探春和平儿料理。眼见贾母八旬寿庆将近,好在贾政回了京,朝罢,圣上赐了一个月的假在家歇息,正好帮着贾赦、贾珍、贾琏等人打点此事。其实贾赦与贾政亦不过是听听禀告而已,里外张罗办事的终究还是贾珍与贾琏等人。

八月初二乃是正日子,贾珍与贾琏斟酌再三,反复议定了,这才进去回禀贾赦与贾政。

"老太太寿辰,今年又是八旬之庆,族中亲友是自然要来的,二位老爷朝中同僚想必也是要来的,只恐届时人太多,都聚在一处腾挪不开。"贾琏道,"我同珍大哥商议了一下,预备打从七月二十八起咱们两府里便一齐开席。珍大哥那边单请官客,这边单请堂客,园子里的缀锦阁同嘉荫堂几处收拾出来作退居之处。二十八日单请皇亲、驸马、王公、郡主、王妃、国君、太君、夫人等；二十九日请阁下、都府、督镇、诰命等。三十日请诸官长、诰命并远近亲友、堂客等人。不知老爷们觉得如此安排是否妥当？特来请二位老爷示下。"

贾赦与贾政连连点头。贾政看着贾赦道："我看甚妥。"贾赦亦点头道："既如此，初一便由我单安排家宴给老太太做贺。"贾政笑道："那初二自然是我了。"贾珍接口笑道："既是初一、初二已被二位老爷占了去，我同二爷便只能排在初三了。"

"好好好，便是这般安排去吧。"贾赦道。

贾珍与贾琏退了出来，见王夫人屋里的小丫头站在门外候着，说是王夫人有请，二人便跟着去见王夫人。进了院，彩霞早在门口候着了，见他二人来了忙上前行礼，玉钏儿也赶紧行礼、打帘。二人进屋却见邢夫人也在，原来邢、王二位夫人亦有意单独为贾母做寿。王夫人笑道："知道二位爷已经忙得不可开交了，我们却还要添乱。"

贾珍、贾琏赶紧行礼笑道："婶子说哪里话？平常时想要效力都寻不着机会呢。"

王夫人于是问了日程安排，贾琏便将方才同贾赦、贾政所言又说了一遍。王夫人听了笑道："那就劳烦二位爷帮着一并将外事打点了，咱们便定了初四？"说着扭头看了看邢夫人，见她点头便接着笑道，"那咱们就初四，自家人替老太太摆个家宴祝寿。"

贾珍、贾琏答应了退了出去，回到外书房，赖大、林之孝等人早已等候多时。问明了里头的安排，赖大笑道："求二位爷务必给奴才们个薄面，这初五日便容奴才们安排一日如何？"贾珍、贾琏还欲推辞，林之孝笑道："二位爷务必叫奴才们尽个孝敬的心意。那一日也不用二位爷操心，只管放心交与奴才们张罗便是。"贾珍笑道："也是你们一片孝心，只是我们也做不了老太太的主呢。"赖大笑道："这个爷不用担心，只要二位爷肯了，我回去便叫我老娘进去求老祖宗的恩典。"贾琏对贾珍笑道："既是这样，便由他们弄去吧，我们且沾光跟着去乐一天。"赖大与林之孝皆笑道："二爷这话是要折杀奴才们了。"几人说笑一番，这才坐下详议诸般细节。

到了二十八日，南安王、北静王、永昌驸马、乐善郡王并几个公侯世交应袭，皆携了正妻来拜。贾母亦叫了史湘云、薛宝钗、薛宝琴、林黛玉、贾探春五人出来与王妃们相见。南安太妃与湘云最熟，见了面便是一通说笑，又拉着探春与宝钗的手，赞不绝口。北静王妃亦拉着黛玉、宝琴之手着实细看，极夸了一会儿，皆有所赏赐。

三十日远近亲友来拜，贾母独见了贾珮的妹子喜鸾和贾琼的妹子四姐儿心中欢喜不尽，便叫她两个到榻前同坐，又叫宝玉也到榻上脚下捶腿，又留她二人玩两日再回家去。她俩的母亲平日里都赶着巴结凤姐的，岂有不愿意的？她俩又是小孩子心性，见了这样的大园子，自然也愿意留下玩耍。贾母恐委屈了她二人，吃饭叫她二人与尤氏、凤姐同吃，犹恐家下佣人们欺她二人家境贫寒，又特使鸳鸯各处去关照一番。

喜鸾与四姐儿吃完饭，跟了尤氏等人一起到了探春园中闲话。众人皆羡宝玉心无挂碍，宝玉笑道："我能够和姊妹们过一日是一日，死了完了，管什么后事不后事！"

李纨笑道："这可又是胡说。就算你是个没出息的，终老在这里，难道她姊妹们都不出门的？"

喜鸾笑道："二哥哥，等这里姐姐们果然都出了门，横竖老太太、太太也寂寞，我来和你做伴儿。"

李纨、尤氏闻言皆笑道："姑娘也别说呆话，难道你是不出门的？这话哄谁？"喜鸾自知失言，低了头不再作声。众人又说笑了一气，方各自归房安歇。

鸳鸯自回去复命，却在园内巧遇迎春的大丫头司棋同她表兄弟私会。那司棋扯住鸳鸯讨饶，鸳鸯好容易才脱了身。不料司棋的表兄弟受了惊吓竟然逃之夭夭，司棋急怒攻心竟然一病在床。鸳鸯闻讯心知皆系那晚之事所致，故前去看望司棋，再三保证使她放心，踏实养病为要。别了司棋，因想着凤姐近日身子不大利索，又知贾琏不在家，便顺道前去探望。谁知凤姐精神不济正在午睡，同平儿聊了几句正欲告辞，贾琏却家来了。

贾琏见了鸳鸯大喜，说自己正想找她借当，托她设法将贾母用不着的金银器皿弄点出来暂时典当了救救急。鸳鸯未及应承，便被贾母派来寻她的小丫头子喊走了。贾琏便托凤姐晚间见了她再说说，务必成全此事。凤姐假托后日乃尤二姐周年，自己有心替她操办却苦于没银钱。贾琏听她说这话，便说鸳鸯借当的事若成了，银子先尽着凤姐用。两人正说着话，凤姐陪房旺儿家的进来求恩典，想讨了到岁数即将外放的王夫人的丫鬟彩霞做儿媳，贾琏和凤姐都没当回事便随口允了。一语未了，宫中夏太监打发人来说话，贾琏料定又是来借钱的，皱眉道："昨儿周太监刚来弄走一千两，为着我应得慢了些还十分不自在。"

"唉！娘娘在里头人单力薄，也不容易。如今老太妃又薨了，更失了倚仗，越发举步维艰了！"凤姐叹息道，"你且藏起来，等我来见他，看怎么说。"当下请了小太监进来，果然是来借钱的，说是那老太监看中了一所宅子，短了二百两银子，暂借一下，等年底了连同上两回的一千二百两银子一起还。那凤姐是个嘴上不肯吃亏的，一边唠叨了几句，一边当着小太监的面叫平儿拿了自己的金项圈给旺儿媳妇送出去，现当了四百两银子来，当时便分了一半给那小太监，另一半交与旺儿媳妇，又故意当着小太监的面嘱咐旺儿媳妇不可滥用，专留着置办中秋节礼。

那小太监回去见了夏老太监，将凤姐的话一一学了一遍。老太监气得坐在椅子上愣了好一会儿才回过神来，冷笑道："还说不怕我多心？若是记得清便不知还了多少了。昨儿老周从那儿刚弄了一千两，打量我是聋子、瞎子呢？！不过才二百两散碎银子，还当着你的面拿出首饰去典当，这不是打我的脸是什么？"说着端起茶杯呷了一口，幽幽道，"好，好，好啊！日子长着呢！"

回头且说贾琏见小太监走了，这才出来去外书房办事。刚坐下便见林之孝急急忙忙走了来，贾琏便问："什么事，这等慌乱？"

"方才打听得雨村降了，却不知因为何事，只怕未必是真。"

"真不真的，他那官儿也未必保得长。"贾琏不屑道，"又与咱们有什么相干？"低头想了想又道，"将来有事，只怕未必不连累咱们，宁可疏远着他好。"

"何尝不是呢？"林之孝道，"只是一时恐难以疏远。如今东府里大爷和他更好，老爷又喜欢他，时常来往，哪一个不知？"

"唉！"贾琏叹了口气道，"横竖不和他谋事，想必也不相干。"沉思片刻，又道，"你再去打听打听，看究竟是为了什么。"

林之孝答应了，顺便又说了几句如今家道艰难，打算裁人的事。贾琏也正有此意，只是因为贾政外放才回来不久，便没好提这样分离裁人之类的事情。林之孝又提起里头的丫鬟、外头的小厮都渐渐大了，该给他们婚配了。一句话倒提醒了贾琏，便想起旺儿家的事，于是随口同林之孝说了。谁知林之孝却说那旺儿之子酗酒赌博，无所不至，且容貌丑陋，一技不知，虽说都是奴才，但到底是一辈子的事。贾琏听了气道："我竟不知道这些事，既这样，哪里还给他老婆？且给他一顿棍子。"遂将此事撂下。

且说晚间凤姐进去伺候贾母用饭，见了鸳鸯自然替贾琏说和借当之事。凤姐走后，鸳鸯悄悄将此事报与贾母。贾母道："凤丫头上回弄出去的可还回来了？"

"听她说，见天儿地寅吃卯粮的，拿什么还？"鸳鸯笑道，"问她不过今儿推明儿，明儿推后儿罢了。"

"唉！"贾母叹了口气，"这点子东西早晚反正都是他们的。琏儿这是要了做什么呢？"

"听琏二爷说是要送南安府的礼，预备娘娘的重阳节礼，另有几家的红白大事，估计需要三二千两银子呢。"鸳鸯道，"说是几处的房租、地租还需半个月才能得，通要到九月才能收上来。"

"既是这样，你便看看去吧，寻摸些日常用不着的家伙给他去吧。"

"单子我都列好了,您瞧瞧。"鸳鸯说着身上摸出一张单子递给贾母。贾母接了看过,略点了点头,轻叹道:"唉,我也乏了,你安顿了我便替他们收拾了吧。"鸳鸯点头答应,伺候了贾母睡下,这才叫了小丫头子进来帮忙收拾,收拾完又叫了四个婆子进来,趁夜抬至凤姐处。贾琏与凤姐、平儿早已在院内候着,见鸳鸯亲押了送来,三人迎上前,行礼不迭,口中亦连声称谢。凤姐又再三叮嘱众人:"有敢泄漏半个字出去的,便摘了你们的狗头。"众人皆一迭声地答应,屏气敛声退出。

岂知这天下就没有不透风的墙,邢夫人也不知哪里得来的消息,使人将贾琏叫了去,要挪二百两银子过中秋节使用,还将他夫妻偷运贾母物件的事儿给抖了出来,吓得贾琏赶紧回去找凤姐要了银子,又亲自送与邢夫人。邢夫人得了银子,想想方才贾琏推诿的样子,心中仍是不快,便至贾赦跟前,将贾琏向鸳鸯借当之事一五一十、添枝加叶地说了一番。

贾赦听了恨得牙痒,原本将鸳鸯收房乃是一举两得,孰料那丫头竟宁死不肯,这样看来,果然还是同贾琏相近。且近日正因迎春的亲事心烦,官媒朱嫂子来替指挥使孙绍祖求亲,本来应与不应都不是什么大事,那孙家系当日宁荣府中门生，如今只孙绍祖一人在京，生得相貌魁梧、体格健壮，弓马娴熟、应酬权变，且又家资饶富，现在兵部候缺题升。那孙绍祖为将亲事办成，先送了贾赦五千两银子作为彩礼。贾赦见了银子岂肯放过？况迎春并非他什么心爱之人，岂知贾政闻听孙家少爷孙绍祖品行不端且他祖父当日不过是有了不能了结之事，希慕宁荣之势，这才投至门下，并非诗礼名族之裔，不过势利小人而已，因此出头阻拦。贾赦听了贾政之言，便也打听了一番，果如贾政所言，只是银子早已花净，如何反悔？贾母听说了也不大愿意，只是不便深责，只说了"知道了"三个字，便不再过问，恼愤之情不言而表。

贾赦心中正自懊恼，此刻听了邢夫人之言，心下非但深恨鸳鸯，连带着儿子、儿媳也一并怨恨起来。

第十二回

王夫人抄捡大观园
薛文龙错娶河东狮

话说贾赦心中恼恨儿子、儿媳，贾琏夫妇却一概不知，依旧是日日里里外外操劳忙碌。

这日，贾琏回屋，见凤姐倚在炕上，便随口问道："今日可好些了？"

"唉！"凤姐叹了口气，拿手捶了两下肩膀，平儿见状赶紧上炕替她捶打，"这些日子你一直在外头忙着，我可真是累坏了。"

"你不是一直躺着养病吗？"贾琏笑道，"怎么就累坏了？"

"连日事多，总得出去看顾一两件。"

"对了，我听说近几日里头撵了不少人出去。"贾琏笑道，"这倒省了我的事了。前几日林之孝还同我议到这事呢，正想着怎么去跟老爷说呢。"

"林之孝也不必吵嚷着裁人了，这回先是老太太发火，撵了他家的两姨亲家，再就是厨房柳家媳妇的妹子和二妹妹的乳母。"凤姐笑道，"咱们大太太的陪房王善保家的外孙女儿司棋怕是节后也保不住的，四姑娘的入画竟被四姑娘立逼着珍大嫂子领走了。"

"哟，不承想这回撵走的竟都是有些脸面的嘛！"贾琏道，"到底却是为着什么事呢？"

"哼！"凤姐斜了贾琏一眼，"你倒还有脸来问我？太太拿了个绣春囊直接堵到我眼面前质问我，说必是你不长进弄进来我带了掉到园子里，偏又叫我婆婆捡着了，拿去给太太看，这便是起因了。"

"罢罢罢，你们里头闲着没事乱嚼老婆舌头，还把我给搅进去了。"贾琏说着起身便要出去，凤姐道："这会子你去哪儿？不吃饭么？"

"都叫你们给气的。"贾琏笑道，"我可不就是回来吃饭的？！"说着复又坐了下来，"你可知甄家犯事了么？"

"哪个甄家？"凤姐道。

"还能有哪个？当然是金陵的。"贾琏躺到炕上，直了直腰，"哎哟！我这一天也累得够呛。平儿，且先过来替我捏捏。"

"你先替他捏吧。"凤姐"呼啦"坐了起来,对平儿挥挥手道,"甄家今儿还来了几个人呢,还带了不少东西来。这什么时候的事儿啊?"

"什么?"贾琏也惊得坐了起来,"邸报上都登了,甄家犯了事,现今被抄没家私,调取进京治罪呢。怎么又有人来?老爷和太太难道不知情么?"

"老爷想必是才回来,在家歇着假,朝廷里的事儿还没顾得上呢。"凤姐说着也有点心虚,"不过是来了几个女人,和太太说了些内宅的事,想必没什么大碍。"

"嗨,糊涂啊!这会子躲还来不及呢!"贾琏坐在炕沿上跌脚道,"我才在外头刚听珍大哥说,咱们舅老爷今儿朝堂上也被参了,说他用人不当、举荐有误呢!"

"啊?"凤姐顿时大惊失色,"谁这么大胆子,竟把伯父给参了?"

"不过是那帮子言官罢了。"贾琏道,"问题不在这,他们不过是人家手上的枪,如今正主是谁尚且还吃不准呢,这会子你们还在里头添乱。"

"我连日病着,哪里晓得这些事情?她们也并没来寻我,直接进去见的太太。难不成我叫人拦着?"

一时小丫头们将饭菜摆上,一顿饭吃得草草了事,贾琏漱了口便赶紧出去打探去了。

那边王夫人却也去见了贾母,将甄家之事一一禀明。贾母听了浑身不自在,拿手撑了头,叫鸳鸯赶紧进来揉捏。王夫人只得住了嘴。

且说贾琏到了外书房,只有两个小厮守在那儿,见贾琏来了,都迎上来笑道:"皆以为二爷今儿不能再出来了,林大爷和赖大爷都散了。"

"去去去,快去把他们都喊回来。"贾琏挥袖不耐烦道,"快去!"

一时林之孝和赖大前后脚都赶了来,贾琏便叫林之孝去王子腾府上打听,叫赖大去夏太监和周太监府上打探。不一会儿,林之孝回来道:"没见着舅老爷,只叫人传话出来,说没什么大事,叫二爷稳住,稍安勿躁。"又过了一会儿,赖大也回来了,进门先叫小厮倒了杯水来喝,这才喘息道:"连跑两家,皆没见着人。夏太监去铁网山了,说是圣上不日要去铁网山打围,他提前去安排去了。周太监家下人说,周太监已连续半个来月不曾回家了，听说是皇后娘娘凤体有恙，宫中的掌事太监一概不许回家，皆留在宫内执守呢。"贾琏听了亦是无法，坐着愣了一会儿，轻轻叹了口气，这才想起问林、赖二人道："你二人可吃了饭没？"

二人笑道："刚端起饭碗，便听见爷传唤，撂下就来了。"

"你俩回去吃饭吧，我也没什么事了。"贾琏打发了林之孝与赖大，看看时辰尚早，便索性过到东府去看贾珍。

贾珍因尚在孝中，不得出去游玩，近三四个月邀了一帮世家子弟、富贵亲友在天香楼下箭道内立了鹄子，每日早饭后便开场，名为演武，实则设赌，连贾赦、贾政都听说了，只不知设赌一事。贾政道："咱们本是武荫人家，如今文既误矣，武事当亦该习。"便同贾赦说了，叫贾环、贾琮、宝玉、贾兰白日里也过去习射一会。贾赦亦深以为然。

此刻贾琏过来，小厮忙接了，进去通报，贾珍忙迎了出来。贾琏进去一看，见还是白日那伙人还没散，薛蟠撸着袖子，大呼小叫地同邢夫人的胞弟邢德全正玩得起劲，也没看见贾琏进来。邢德全抬头看见贾琏，便笑着招手叫他过来相眼。贾琏只得过去看了一会儿,因心中有事,也就无心多待,有心同贾珍说几句,看他正在里间榻上搂着个新得的十四五岁的打扮得粉妆玉琢的娈童说笑,便立在里间门口招呼了一声告辞。贾珍招手笑道:"老二,急什么?且进来看看,我新得的孩儿。"

"大哥且乐。我这会子突然想起日间尚有一事未完。"见贾珍欲起身相送,贾琏忙止道,"莫动,大哥莫动,我自出去便是。"贾珍笑道:"那我便不送你了。"贾琏转身看外间之人斗叶掷骰,吆五喝六,嚎爹骂娘,乌烟瘴气,便也不同众人招呼自走了。

第三日便是中秋,贾赦、贾政、贾琏等皆早早便到贾母处问安,贾珍、尤氏吃了晚饭才过来。众人皆至凸碧山上的大敞厅内赏月,本来备了两桌,围屏隔了,里面一桌是女眷,贾母同着贾赦等人坐在外桌上。贾母居中,左垂手贾赦、贾珍、贾琏、贾蓉,右垂手贾政、宝玉、贾环、贾兰,下面还空着半壁。贾母看着实在冷清,便叫迎春、探春、惜春三人出来坐了,显得人多热闹些,又叫人折了枝桂花来,命一媳妇在屏风后头击鼓传花取乐。宝玉、贾环、贾兰即席赋诗皆得了赏赐,尤其是贾环,所写诗句对了贾赦的心思,特吩咐人去取了自己的玩物来赏赐予他，还当着众人的面拍着贾环的头大加赞赏了一番。

过完中秋，王夫人这才静下心来将园中丫头、婆子梳理了一遍。头一个便是怡红院里一向掐尖要强的晴雯，连同院里的一个叫四儿的小丫头，一起都撵了出去，又将贾兰新找的奶妈子也给撵了。将司棋赏了她娘领出去配人，另有几个小戏子也统统都赏给她们的干娘去了。只是后来宝玉的芳官、黛玉的藕官、宝钗的蕊官三人连日哭闹，寻死觅活，一心只要出家当尼姑去，可巧水月庵的尼姑智通与地藏庵的尼姑圆信在王夫人处，听见她几个的干娘来告状，便一番花言巧语哄得王夫人将芳官给了智通，蕊官、藕官跟了圆信出家去了。贾母事后听禀，别人犹可，独晴雯是她为宝玉亲选的，不免问了几句，然木已成舟，也只得罢了。

邢夫人见王夫人整饬大观园，便奉贾赦之命过来将迎春接了回去备嫁。迎春不敢违拗，只得随着去了。经此一事，众人人人胆战，个个心惊，园中顿时寂静下来。

这日薛姨妈过来与贾母报喜，说薛蟠成亲，请贾母赏脸赴宴。贾母笑道："我正闷得慌呢，姨太太便有这样的大喜事来报。咱们这园子连日冷清,不如将喜宴就设在园子里吧。"

"可真是多谢老太太关怀了!"薛姨妈笑道,"只是我们薛虮那孩子早已在那边都安排妥了,万事不用我操心。我同宝丫头不过是帮着准备些针线活儿罢了。"

"薛虮那孩子倒真是个好孩子!"贾母点头道,"姨太太你是有福之人啊!这侄儿便同儿子一般啊。"

"是是是,托老太太的口福了。"薛姨妈笑道,"只是这天下人再怎么有福也比不上老太太您哪!"

贾母听了十分开心,又对王夫人道:"这几日叫琏儿也过去瞧瞧,看有什么事蟠儿他们兄弟忙不过来的,也搭把手。姨太太有事只管开口,千万别外道。"

薛姨妈和王夫人都起身谢了。

是日,贾母、邢夫人、王夫人携凤姐等人皆过去庆贺,看那新娘子夏金桂生得亦是如花似玉,百媚千娇。众皆高兴,宝玉犹甚,因听说这夏家姑娘亦是通文墨的,想着或可重起诗社,再振香风。谁知这姑娘竟是个魔星下凡,闹得薛家鸡犬不宁,没过多久便生生将个可怜的香菱给折磨死了。众人闻说无不摇头叹息,却又都无可奈何。薛姨妈更是被气得时常以泪洗面,就连宝钗也常被她没轻没重地噎得黯然神伤。

薛姨妈见薛蟠是个立不起来的，早被夏金桂揉搓得习惯成自然了，便悄悄与宝钗商议，想让薛蚪与邢夫人的侄女儿邢岫烟早日成亲。宝钗点头赞成，薛姨妈便将薛蚪唤至跟前，垂泪道："我的儿，我与你姐姐便只能靠你了。"

"婶娘说哪里话?!"薛蚪闻言慌忙跪倒在地，"婶娘与姐姐但有吩咐，蚪儿必万死不辞。"

"你快起来。"宝钗笑道，"怎么就说到生死了？有好事要同你商量呢。"

"正是正是。"薛姨妈拭泪笑道，"你同邢大姑娘的事，我想替你们早点办了，也了了我一桩心事，你爹妈泉下有知，也可安心了。不知你自己心里怎样？"

"婶娘说哪里话？"薛蚪跪在地上道，"父母如今俱不在了，唯婶娘是亲。如今我妹妹的事也安置妥了，我也安心了，这婚姻大事自然是唯婶娘之命是从。"

"好孩子，你快起来说话。"薛姨妈道。薛蚪这才站起身，躬身侍立。薛姨妈道："我想那邢大姑娘过来，也好与你姐姐做个伴。如今那丧门星日吵夜闹，我同你姐姐商议了，想着咱们还是搬回自己房子里去住吧，这么着总在亲戚家闹着也实在是不像话,纵使你姨妈不吱声,他们府上这么多人,这么多张嘴,哪一个是省油的灯?"

"婶娘说得很是,我亦早有此意。"薛蚪点头道,"我从前也同大哥哥提过,只是大哥哥与这里的珍大哥他们相厚,一时割舍不下,因此就没再提。"

"快休提那作死的孽障,他若是个胸中有成算的,何至于把个家搅成这样?"薛姨妈怒道,说着不禁又红了眼圈。宝钗见状忙笑道:"妈妈可是老了,分明是桩天大的喜事,竟叫你险些说出一缸泪来。"

"是是是,你说的是。"薛姨妈拿帕子掩了掩眼睛,笑道,"蚪儿的婚事咱们就在自己家里操办。"因转脸对薛蚪道,"这几日你就带人去看看,咱们在京中也有几处房舍呢,你去挑两处好的,一处收拾了叫那孽障同他那混账老婆单住去,再收拾一处大点儿的,咱们娘儿们住。"薛蚪听了不免有些犹豫,宝钗知他心存顾虑,笑道:"你只管照妈妈的说法去办就是了,不用担心你大哥哥,他心里正巴不得离我们远点儿呢。"

薛蚪闻言笑道:"姐姐既如此说,我便照婶娘的吩咐办就是了。"说完问可还有别的事,薛姨妈叫他近日便专心此事即可,薛虮答应着退了出去。宝钗看着薛虮的背影转脸问薛姨妈道:"此事妈妈打算如何去同大太太说呢?"

"我也正想着这个呢!"薛姨妈笑道,"咱们自然不好自己去说这个事,一事不烦二主,不如还叫老太太同她说。"

"这样最好了。"宝钗笑道,"原是老太太保的媒。"

第十三回

薛蚆邢岫烟成佳偶
贾芸林红玉配成双

薛姨妈同宝钗在家计议妥当，母女二人次日一早便来至贾母房中。恰好邢夫人、王夫人并凤姐、李纨等人都在，薛姨妈见邢夫人也在反倒不好开口了，只得坐下说些闲话。宝钗使了个眼色给凤姐，自己先出去在外头候着。不一会儿凤姐出来，宝钗将今日来意说了，笑道："想必我妈妈是看见大太太在，又不好意思开口了，这事还得劳烦你同老太太说说呢。"

"怪不得我看她老人家今日说话心不在焉的呢！"凤姐笑道，"放心，这事包在我身上。"凤姐进去又闲话了几句，故意道："二妹妹嫁了，这邢大妹妹如今也不大看得见了。"贾母闻言便转脸问邢夫人道："正是，有好些日子没见着你们家邢大姑娘了，那也是个好孩子。"

"我就不明白了，怎么老祖宗见着别人都说是好孩子，我天天在你眼面前怎么就看不见我呢？"凤姐故意不快道，"难道我还不够好吗？"又"噗嗤"笑道，"许是我人太好，老祖宗词穷，也寻不出什么好话来夸我了呢！"众人皆大笑起来，贾母指着凤姐笑道："好，你怎么不好？有一桩好处，她们皆不及你。"

"哪一桩？"凤姐急道，"快说出来我听听，叫我也得意两天。"

"皮厚。"贾母先自笑得直不起腰来，"他们谁的皮也不及你的厚。"

"这事儿老祖宗兴许还真没冤枉我。"凤姐趁势笑道，"若邢大妹妹的脸皮有我一半厚，恐怕自己都要来寻老祖宗问话了：'你老人家替我保完媒便撒手不管了，只顾着自己高乐了？'"

"啊哟，这话亏得你提醒我。"贾母点了点自己的额头，"可不是我替邢大姑娘和姨太太家的虬儿保的媒么？！"转脸问薛姨妈道，"如今那孩子父母皆没了，姨太太你可得替他经着点儿心才是呢。"

"老太太说得极是。"薛姨妈忙笑道，"也真亏了您了，怎么就记性这么好，这么些孩子，大事小情的怎么就都记得这么清楚呢?!"说着向王夫人使了个眼色,"如今琴儿的事也都办了,虬儿的事正该加紧呢,还请老太太做个主才好呢。"又转脸对邢夫人道,"只不知大太太意下如何呢?"

未及邢夫人答言,王夫人便接口笑道:"既是老太太保的媒,自然是好的。不如选个好日子,成全了两个好孩子。"

贾母转脸看着邢夫人道:"大太太意下如何啊?毕竟是你娘家的侄女儿呀。"

邢夫人本来心里也无所谓,听贾母和王夫人如此说便连忙点头道:"全凭老太太做主。"

薛姨妈笑道:"虽说都是自家孩子,也必不能委屈了邢大姑娘,大太太有什么想法只管说!虬儿虽是我侄儿,但那孩子向来懂事,便如同我儿子一样。不,比我那混账儿子还强百倍、千倍,将来成亲后我还指望他小夫妻二人替我养老送终呢。"这薛姨妈如今不能提及薛蟠,提了便忍不住心里发酸,说着说着便又眼圈泛红。邢夫人见状忙道:"姨太太说哪里话?我回去定然要好好交代岫烟,将来好生侍奉姨太太。"

"好好好,多谢大太太了。"薛姨妈忙笑道,想了想又道,"此事还请大太太去同亲家老爷、亲家太太好好商量商量。"

"那对糊涂虫,同他们有什么好说的。"邢夫人脱口道,一语出齿自知失言,赶紧道,"姨太太放心,回去我便同她爹娘说。"

凤姐笑道:"今儿可真是个好日子,我这儿也有一桩喜事正要同老祖宗说呢。"

"你却还有什么喜事,快说来听听。"贾母忙笑道。

"老祖宗可还记得后廊上住着的五嫂子么?"凤姐笑道。

"可是那个卜氏?"贾母问。

"正是。"凤姐拍手笑道,"老祖宗好记性,竟还记得她娘家姓什么。"

"原本倒是不大记得了,蟠哥儿成亲那日她小子跟在琏儿后头忙碌,看见我便跟着一道过来行了礼,所以才记得。"贾母道,"她倒是他们几房里顶老实的一个。你如今提她做什么?"

"便是她那小子也提亲了。"凤姐笑道,"本不是什么大事,只是你们再猜不着他相中的谁?"

"说的是芸哥儿吧?"王夫人问道。

"正是他。"凤姐笑答。

"倒是个好孩子。"王夫人道,"跟着琏儿来回过两回话,生得着实斯文清秀。他却相中了谁家的姑娘?"

"太太还不知道呢吧?"凤姐笑道,"他得管太太叫祖母呢。"

"他可不是该叫我祖母么?"王夫人道,"这也值当你笑成这样?"

凤姐越发笑得直不起腰来,揉着心口笑道:"不是平常这个排辈儿的说法,宝玉认了他做儿子,他可不是你孙子了?"

"什么时候的事,我竟一点不知道?"王夫人道,"真是胡闹!"

"还是娘娘省亲前后的事儿呢,二爷同我说了,那阵子正好事多,我听了也就撂过一边去了,这会子说着了才又想起来。"凤姐笑道,便将当日贾芸来找贾琏寻差事做,巧遇宝玉,宝玉便认了贾芸做儿子的事说了一遍。贾母等人听得哈哈大笑,王夫人笑嗔道:"真真是满嘴里胡吣。他才多大?比着芸哥儿小着好几岁呢!"

凤姐笑道:"可别说,芸哥儿后来还送了几盆子花儿孝敬宝玉,姑娘们还拿它作了不少诗出来呢。"

"那这芸哥儿成亲,你同我都要破费几两银子方才像样呢。"贾母对王夫人笑道,"回头等宝玉回来可得好好问问他才是。"

"要这么论起来,我也是跑不掉的了。"薛姨妈凑趣道。

邢夫人也忙笑道:"真是呢,在座的可真是都跑不了了。"

众人见贾母高兴,皆随声附和奉承。

"说了这半天,到底芸哥儿相中了谁家的姑娘?你方才既那样说话,自然是我们认识的了?"贾母笑道。

薛姨妈接口笑道:"到底还是老太太明白,问到正题上了,我们皆光顾着笑了。"

凤姐环顾了一周,见众人皆看着自己,也不便再卖关子,便笑道:"林之孝的姑娘。"

"哪个林之孝?"贾母道,"是咱们家的管事的林之孝么?"

"正是。"凤姐笑道,"原先在宝玉房里的,我瞅着还挺机灵的,便要了来,如今在我房里呢。"

"怨不得被芸儿相中了。"贾母点头道,"既如此,自然是成全他们了。只是芸哥儿怎么说也是个爷们儿,那丫头却是咱们的家生子呢。你不如越性送他们个大人情,叫那丫头脱了奴籍,她老子娘也必是感激的。"

"老祖宗说的极是,我也正想请太太示下呢。"凤姐笑道。王夫人道:"这是好事,自然要照老太太说的办。"凤姐又笑道:"这可好了,真是一举三得呢。"

"怎么就一举三得了?"薛姨妈奇道。

"这头一得便是老太太、太太积了德、行了善了。"凤姐掰着手指头道,"这第二得便是那林家丫头小红脱了奴籍,这是她几辈子才修得的福气啊!别说林之孝他们全家了,便是芸哥儿心里也必是感激不尽的。"众人频频点头称"是",等着凤姐再说那"第三得",她却收了手道:"我出去看看他们中饭可备下了。"

贾母急道:"哎,你这猴儿,方才不是说'一举三得'么?这才说了'两得'呀!"

"这猴儿呀,必是没憋着什么好屁呢!"李纨笑道。

"再不快说,鸳鸯快去撕她的嘴。"贾母笑道。

"不是我不说,实在是这第三得忒小了点儿,不值一提。"凤姐故意绷着脸,不以为然道,"老太太、太太、姨太太合着这一屋子的人,为着牵着了宝玉皆脱不了干系,人人都得掏两个银子出来,照理我也是应当应分的,只是这小红如今是我屋里的人,她得了这样泼天的恩典,只要我不说是老祖宗的意思、太太的恩典,我只说是我一人的主意同旁人一概无关,横竖老太太、太太又不会去同她说去,别的人更没谁想得起来去特为的同她说这事,这么一来,我可不就不用再掏钱了?!"

众人听了,无不哄堂大笑。宝钗笑道:"难道那林之孝夫妇同小红竟是不来向老太太、太太谢恩的么?"

"啊呀!智者千虑,终有一失啊!"凤姐故作惊慌拍腿道,"看来还需重新谋过。"一屋子的人皆笑倒,贾母拿手点着凤姐,早已笑得说不出话来。

众人正说笑着,小丫头进来回禀:"琏二爷来了。"凤姐便道:"我出去看看。"一时回转来,还未进门便大声笑道:"就说昨儿晚上灯结双花,早晨起来便有喜鹊叫喳喳,本来以为是应在邢大姑娘同芸哥儿身上呢,谁知竟不止如此呢!"

"还有什么喜事?"贾母道,"快说!"

"真真是天大的喜事啊!"凤姐笑道,"咱们家娘娘有喜啦!"

"当真?"王夫人起身喜道。

"怎么不真?比真金还真呢!"凤姐笑道,"二爷说宫里来报喜的太监刚打发走,他便赶着进来报喜了!"

众人忙向贾母、王夫人行礼道喜不迭。

消息传开,合府皆喜。贾赦、贾政、贾珍等人也皆携了子弟们来向贾母道贺。

贾政道:"此事咱们一家子关起门来开心也就是了,切不可大肆张扬,等平安诞下龙胎,大局即定再行庆贺不迟。"

贾母闻言连连点头道:"你说得很是,如今尚未到开心之时,还有好几个月的日子要一天天熬呢。"又叹了口气道,"倒是要格外谨慎才是。"

第十四回

榴花开贾元妃结子
乔装扮甄宝玉避难

自从得了元春有孕的消息,王夫人日日烧香礼佛,越加勤谨,祈求元妃母子平安。不料元妃倒是没什么不妥,她带进宫的贴身丫鬟抱琴却暴病而亡。元春求了官家恩典,官家念在她已怀有龙种,特准娘家再选送一人进去服侍,以宽元妃之心。王夫人得了消息,便与贾母计议此事。

"姑娘们跟前已是没几个人了,万不能再少了。"王夫人道,"我那儿如今也只剩了玉钏儿一个像样点儿的了,因此我想着也只有从宝玉屋里挑人了。"

"我屋里倒是有几个,除了鸳鸯,你看看哪个合适的,只管挑了送去。"贾母黯然道,"宫深似海,暗流涌动,元儿若没个贴心的人说说话,岂有不烦闷的?如今她又身怀有孕,更不能自己排解不开了。"

"正是这话。所以我听了消息担心了一夜。"王夫人闻言亦垂泪道,"只是老太太这里的人是万万动不得了!如今就这几个人伺候着,老爷闲时提及皆每每伤心落泪,深责自己叫老太太受了委屈,若再调拨这屋里的人,岂不是叫媳妇不要做人了?!"王夫人拿帕子拭了拭泪,"我想着不如从宝玉屋里挑一个送去,他屋里人最多,外头又有小厮跟着。"

贾母想了想,点头道:"他如今也大了,且又好歹总在跟前待着,有个什么事总能有个抓手,比不得元儿,形单影只地在那里头。"贾母说着也滴下泪来:"先顾了她再说吧。你就做主选吧。"

"是。"王夫人道,"我昨儿想了一夜,袭人自是不能动的,宝玉也是离不了她的,秋纹、碧痕那几个都不够沉稳,只有麝月那丫头还勉强堪当此任。"

"嗯,你看得很是不错。我亦听说那丫头遇事颇有主见,连袭人亦是不及她的。"贾母点头道,"便是她吧。"

麝月本是买断的丫头,只一人在此,并无牵挂,收拾了行囊,便过来拜别贾母与王夫人。贾母回首问鸳鸯道:"我记得有一年我生日,有个外路来的和尚,孝敬了一个蜡油冻的佛手。我瞧着甚好,你替我找出来,叫这丫头替我带进宫去给娘娘。一则是个念想,再则这佛手与香橼乃是同种,恰同咱们娘娘的闺名谐着音呢,是个好彩头。三则既是个云游四方的和尚给的,或能替她消灾祛病、添寿积福亦未可知。"

"老太太疼她,想得如此周全。"王夫人笑道。

"二奶奶替您收着呢。"鸳鸯道,"我这就叫人取去。"说着赶紧让人去凤姐处取了那佛手来交与麝月。麝月收好,拜辞而去。外头贾琏接了,一乘小轿将麝月送进宫去。宝玉心中虽然不舍,但想到元春一人,在宫中无依无靠,连个说话的人也没有,自然心中亦是难过不忍。

说话间薛蚪与邢岫烟的婚事已了,薛姨妈一家搬离贾府,自去自家宅院过活,各处生意仍是薛蚪在外头打理。薛姨妈与宝钗、薛蚪夫妇一同住着,薛蟠带了夏金桂、宝蟾住在隔壁院内,依旧是小吵天天有、大吵三六九。薛姨妈母女并邢岫烟皆充耳不闻,眼不见心不烦。薛蟠嫌吵不过,极少回家,自去与贾珍等人寻欢作乐不提。

且说贾芸与小红亦将婚期定下,贾芸却在家中犯难。卜氏见他心事重重，问他，他却怕寡母忧心，便只回说没事，卜氏也只得随他去了。贾琏却猜到了他的心事，将他叫到书房："芸哥儿，你的婚期已定，你也该忙起来了，小红那里已同二奶奶告假回家备嫁去了。我看你连日心神不宁的，可是为了银钱不足的事？"

"多谢二叔关心，并不都为着银钱的事。这几年多承二叔和二婶婶照看，我自己也攒下了些散金碎银。"贾芸行礼道，"只因宝叔那日见着我，亲口对我说，如今合府的人都知道他是我的义父，我的婚礼他必是要到的，因此犯难。"

"原来你是为了这个。"贾琏道。贾芸家境贾琏最是明白不过了，他父亲去时，他尚年幼，他老娘又是个老实透了的妇人，家中一切俱由他母舅卜世仁摆布，没过几年便被倒腾空了，如今只剩了一处一进院的宅子。倘若婚礼当日宝玉去了，还真是难以腾挪呢。有心帮他重置一处，自己多年积蓄当日尽皆交与尤二姐，早被凤姐搜罗一净，如今自己手里也并不宽裕。正犹豫间，见林之孝走来，贾芸见了忙上前行礼，林之孝慌忙答礼不迭。贾琏笑道："他如今是你女婿了，你姑娘又脱了奴籍，你大不必还拿他当爷了。"

"话不是这样说。老爷、太太见了咱们娘娘还先行国礼再行家礼呢!这是规矩。"林之孝道,"这是在二爷的书房里,自然还得尊着他是哥儿、是爷。等回到家,关上门再叙翁婿之礼不迟。"

"不敢,不敢,小婿不敢。"贾芸连声道。

对于这桩亲事,林之孝全家无不欢喜。怎么说贾芸也是正经主子,小红若还留在园内,至多也就混个姨娘,如今却是正头大娘子。虽说贾芸如今家道中落,但林之孝与他也共了几件事,深知稍加历练将来他的干练不在贾琏之下,因此并不介意他眼前的落魄,如今又见贾芸当着贾琏的面对自己这般恭敬,心里更是欢喜得紧,笑道:"我有件要紧的事要请二爷示下。"贾芸听了,便忙先告辞出去了。林之孝这才对贾琏笑道:"有个事我竟不知该如何跟二爷启齿了。"

"什么事?"

林之孝支吾了一会儿道:"我听说宝二爷要来芸哥儿的婚礼呢。"

"是啊,他说笑似的认了芸儿当儿子,这会子老太太、太太她们全知道了,他便认真要当这个爹了。"贾琏笑道,"他是恣意惯了的,哪里想得到芸儿竟为这事愁得不可开交。这不，方才正同我说着这事呢，正不知该如何摆布呢！可巧你就来了，他也就不好意思再说下去了。"

"我也正是为着此事而来呢。"林之孝笑道，"芸哥儿家中这几年是正经衰败了，只有个一进院的宅子，若宝二爷真去了，怕是真辗转不开呢！"林之孝顿了顿，"因此，我想我那儿地方倒是比他那儿要稍许大点，且还有个小小的园子，万一族中有个女眷什么的也好安置，不至于伤了府里的体面。只是我是女方，若婚事在我那儿办，又怕芸哥儿面上过不去，所以来请二爷帮着拿个主意。"

"这么着再好不过了。"贾琏笑道，"亏你说，我方才竟也没想到呢。这有什么面上过不去的？又不是倒插门入赘，是顾那不打紧的虚名，还是要这几全的实惠？"顿了顿又笑道，"这也辱不了他多少，你夫妇那也是威赫赫的大管家呢，男管外、女管内，便是公主、驸马、王爷的府里也是寻常去得的。"

"啊呀！二爷您就别拿小的开心了！这还不都是主子抬举？！"林之孝忙道，"我算哪根葱？人家给脸那不过是看主子们的面子罢了。"

贾琏笑道："若是如此，我也是必去的。等我进去问问二奶奶，看她那日可得空？你家丫头她也是极喜欢的。"

"啊呀！"林之孝大喜过望，"若真这样，那可真是无限荣耀了。我这就先谢过二爷和二奶奶了。"

林之孝走后，贾琏将贾芸唤了进来，如此这般同他说了一遍。贾芸听了喜之不尽，连声道谢："多谢二叔美言，多谢二叔成全。"贾琏笑道："这事你却谢我不着，只谢你那岳父即可。往后且善待人家姑娘也就是了。"贾芸连声称"是"。

及至婚礼当日，非但宝玉同贾琏来了，连尤氏听说凤姐来了，也同贾珍、贾蓉一起来了。贾芹、贾葛、贾菱几个同在凤姐手下办事的也皆早早便来了，连贾芸的母舅卜世仁此番听说贾芸竟认了宝玉做爹，不用人请，忙不迭地便来了，还带了好些香料来做贺仪。贾芸见了，也并不提当日刻薄之事，仍将他让至娘舅上席坐了。

凤姐与宝玉略坐了会便先回去了，贾琏、贾珍等也未久坐，知道次日还有赖大、赖二等人的席面，因此傍晚时分也便皆散了。

贾琏回了房，小丫头子刚捧了醒酒汤上来，便有人进来传话，说二老爷叫呢。凤姐奇道："这个时辰，什么要紧事？"

"不知。"小丫头回道，"外头二老爷的小厮催着叫快些呢。"

贾琏赶紧起来，呷了两口醒酒汤，整了整衣裳便跟着出去了。一径来至贾政的内书房，见门边站着几个眼生的婆子并小厮，贾琏心中疑惑，并未多言，进去见贾赦居然也在，另外竟有一女子在座。贾琏心中诧异，也不敢多问，只上前请安问好。

"此乃犬子。"只听贾赦道。又听贾政道："便以琏二哥相称吧。"那女子忙起身过来向贾琏躬身行礼道："小弟甄瑛，见过琏二哥。"原来竟是个男子。贾琏闻言大惊，这才抬眼细看，这一看更是惊得瞠目结舌：竟然是宝玉，却是女装打扮。

"你且坐下吧。"贾政道。贾琏这才回过点神，答应着坐了下来。那甄瑛等贾琏落了座，方才重又坐下。贾政这才将甄家被查抄一事大致说了一遍，如今合族男丁俱已入狱，唯有这甄瑛，小名亦唤作宝玉，只他一人是他家祖母做主冒着欺君之罪提前将他男扮女装方才逃了出来。贾琏愣了半晌方道:"啊呀,原来如此!想必甄兄这一路颠沛着实不易啊。"

"路上倒也还好,祖母派了得力之人护送,倒也太平。"甄宝玉道,"只是叨扰府上实在惶恐。"

"啊!哦!哪里哪里,本是多年的老亲了,岂有袖手旁观之理?"贾琏依旧没怎么回过神来,随口敷衍道。贾政见了,不禁一笑道:"我乍一见,也是吃了一惊,的确与宝玉一般无二。"贾赦闻言亦笑道:"明儿带去见见老太太,管保分不出来。"

"不可。"贾政道,"这事还需缓缓地与老太太透露,恐她老人家一时难以接受。况且老太太那边最是人多嘴杂,万一走漏了风声,不是耍子。"

贾赦听了也连连点头,又为难道:"那便如何安置世侄呢?"

"所以我才将大老爷和琏儿都请了过来。"贾政道,"甄家世侄今日傍晚时分同几个婆子、小厮一起到的,直接便先进去见了太太。太太也是大吃一惊,赶紧差人将我叫了来。如今我想着世侄扮成女装只好作权宜之计,若长久如此,多有不便,且这么个大活人,藏亦是藏不住的,不如复了男装,跟了大老爷去别院暂住。你那里平时等闲并没有外人进出,不比我这里,日日有人来。万一有人见了,便只说是我们家里的宝玉给大老爷问安去了。如有什么外事,便着琏儿去办。即便有人看见,也不会起疑。"

贾赦听了低头想了想,眼前也并无其他良策,只得点头道:"眼面前也只得如此了。"

贾琏想了想道:"那咱们家的宝玉呢?可叫他们见面?"

"还是不见得好。"贾政道,"那是个胸中并无半点丘壑的,叫他知道有百害无一利。"

"既如此,这便跟我过去吧。"贾赦道。

"慢着,甄世兄这等打扮恐有不妥,不如就换身小厮的衣裳穿了,再跟过去吧。"贾琏道,"只是世兄随身带来的婆子、小厮却如何安置?此事知道的人越少越好。府中一夜之间平白多出几个人来,旁人见了岂有不起疑的?不如给他们些银子打发他们赶紧都走得远远的,隐姓埋名,安度余生去吧。"

"他们皆是跟了我多年的,都是极可靠的。"甄宝玉不舍道,"那两个婆子亦是祖母精挑细选出来的。"

"请世兄恕我直言。世兄如今乃是在逃难中,并非到京城来游山玩水的，多一个知情者便多一分险，且若非念及府上亦必然是选了可靠之人护送前来，此等大事怎敢留他几人性命？况我们府中自会选派牢靠得力之人伺候世兄，世兄勿忧。"

"正是这话！"贾赦对贾琏道，"你也不必再称甄世兄，只以宝玉称之方好。"又转脸对甄宝玉道，"便是有人听见，亦万无一失。到底是性命攸关之事，还望世侄见谅。"

"说得极是。"贾政也道。

那甄宝玉拜倒在地："老世叔言重了！小侄如今恰如丧家之犬，承蒙府上收留，心中感佩难于言表，唯请二位世叔并世兄受小侄一拜，若有来世，定当结草衔环……"贾政不等甄宝玉说完连忙止住道："世侄快快请起，切莫说这样的话。你我两家几代人的交情，不必说这些虚词。世侄只管安心在我们大老爷处静养，明日上朝，我且看看情势再说。"甄宝玉又伏首谢了，方才起身道："只是有一事担忧。"贾政道："世侄但说无妨。"

"方才说万一有人看见便说我是令郎，我却并不认识府中人等，众人岂有不起疑心的？"

"那只是说万一，平日世兄还是藏着些的好。"贾琏笑道，"万一撞见什么人，你只管谁也不用搭理，走开便是。我那兄弟宝玉素日里心情不佳时亦常如此，众人早已见怪不怪。说你去给大老爷请安的话并不用你来回答，亦无须你做什么。且大老爷那边极其清净，等闲并无外人的，世兄只管放心。"

甄宝玉这才放下心来，贾琏出去找了套小厮的衣裳进来，与他换了，这才陪着一同前往贾赦别院，到了别院将甄宝玉安置在内书房后头的厢房内，又关照下人们无事不得擅入。贾赦父子二人又悄悄计议了一番，决定只先叫贾琏的贴身小厮昭儿过来伺候便可，免得人多嘴杂。

安置好甄宝玉，贾琏请贾赦先歇息了，自己并未回房，叫昭儿出去先领甄家仆人去自己内书房里候着。贾琏自去王夫人处取了些甄家寄存银两，回到书房，一一仔细盘问了甄家几个仆人的家中境况，清一色皆是甄府的家生子，几辈人皆在甄家为奴。贾琏这才放下心来，每人分了些金银与他们，叫他们即刻离了京都，亦不必回南，找个地方隐姓埋名安度余生去吧。

那几人捧了银两跪地叩谢道："多谢爷了，我等原本皆怀了必死之心来的，知道府上必不肯留后患，如今爷竟然放我等一条生路，真真是再生父母一般，若有来生，小的们情愿给爷当牛做马。"说着磕头不止。贾琏道："你等快起来吧，我也不要你们来生来给我做什么，只今生别将我同你家主人卖了便是。"那几人闻言又赌咒发誓了一通。贾琏摆手对昭儿道："你快送他们出去吧，走得越远越好。"几人又给贾琏磕了个头，这才爬起来同昭儿一起退了出去。

贾琏独自坐着又思虑了一会，才起身回去。

回了房中，凤姐与平儿皆未歇呢。"这么些时辰，什么大事？"凤姐道。

"说了些朝中局势。"贾琏道。

平儿忙喊小丫头打水进来伺候。凤姐见贾琏一脸凝重，与往日不同，也不便再问，待贾琏洗漱了便也就歇了。

凤姐见贾琏躺在床上辗转反侧，心中亦十分不安，便又问道："到底有什么事？"贾琏沉默了一会儿道："睡吧，不过是些朝堂上的事，说了你也不明白。明日老爷下朝回来，便知分晓。"

第十五回

遭荼毒迎春赴黄泉
被查处史侯陷囹圄

次日贾琏打听得贾政散朝回来了便赶紧进去，到了门口问了小厮里头别无他人便自己进去了，却见贾政独自一人坐在书桌前发呆。贾琏上前请安，他方才回过神来。贾琏见状心中已先自打起鼓来，但还是只得硬着头皮问道："老爷，朝中今日可有什么新闻么？"

"唉！"贾政长长叹了口气，"雨村这回恐怕要有大麻烦了，他这回竟是为他从前的同僚张如圭所累。"

"哦！"贾琏松了口气，"他若无事，纵别人想累他也没法子累呢。又不与我们相干，老爷也不必太过忧心了。"

"倘或真一点干系没有，我又何必叹气呢！"贾政说着又叹了口气，"雨村此番重起，皆系舅老爷屡上保本方有今日。前些日子已被御使台联名参了一本，虽未遭贬，圣上已是对舅老爷有所不满，幸得舅老爷巡边有功才未降罪。今日朝堂之上，忠顺王爷当朝奏本参舅老爷结党营私，龙颜不悦，亏得北静王与东安王、南安王三位王爷出班斡旋，方免了今日之灾。"贾政说完，沉吟片刻又道："还有一事颇奇。今日下朝时，在宫门口遇着周太监，他说皇上秋围随驾的后宫名单出来了，咱们娘娘排在第一位，皇后病着，不宜劳顿，此次便不去伴驾了。"

"这是喜事呀，说明咱们娘娘圣恩正隆啊！"贾琏笑道，"老爷却为何不喜反忧呢？"

"我却也说不清究竟，只是有些疑虑。咱们娘娘入宫多年，好容易这次怀了龙种，怎么不叫她留在宫中将息，却去铁网山秋围呢？"贾政依旧忧心忡忡。

"许是老爷多虑了。"贾琏道。见无他事，贾琏便告退出去了，回到外书房还没坐定，赖大急匆匆跑进来道："坏了坏了，二爷，坏了。"贾琏不快道："你怎么也跟他们那帮小子似的了？可还有点管家的气度？"

"啊呀，爷，二小姐没了。"赖大顾不得贾琏的责备，依旧慌忙道，"咱家二小姐没了。"

"谁没了？"贾琏大惊，"哪个二小姐？"

"咱家有几个二小姐呀？自然是嫁到孙家的迎春二小姐。"

"好好的，怎么说没就没了？"贾琏惊道，"报信的人呢？"

"外头候着呢。"

"快快快，快！快叫进来。"贾琏连声嚷道。

迎春的陪房赵三进门跪下便哭道："二爷，咱家二小姐没了！"

"你先别忙着哭，且同我说说这好好的人，怎么说没就没了？"贾琏皱眉道。

"详情我在外头也并不清楚，只是听我家里的说，二小姐吃不下饭已有不少日子了。"

"她吃不下东西，难道孙家不知道替她延医么？"贾琏怒道。

"事到如今，也顾不得了。我便实话实说，二爷可千万别发怒。"赵三犹豫了一下道，"那孙绍祖便是个活畜生，家里不管是丫头、媳妇，稍许有点姿色的没有不被他淫遍的。二小姐看不过大约是说了两句，那孙绍祖便骂二小姐……"赵三住了口不敢继续说下去，贾琏骂道："混账羔子，还不快说！"赵三便又接着道：

"他骂二小姐是……是小妇养的,在他家混充大娘子,还说……"赵三又住了嘴不敢再说,气得贾琏对赖大叫道:"快去拿把刀来,把这个连一句话都回不明白的混账东西的舌头给我割了。"

赖大喝道:"混账东西,还不赶紧把话回明白了。"

赵三吓得赶紧道:"二爷饶命,不干小的事啊!小的天天在外头,实在是不知道里头的事啊!都是听了我媳妇回来说了才知道的,小的冤枉啊!"

"怎么选了你这狗娘养的糊涂东西跟过去做陪房的?!你再不赶紧说这就把你拖出去,割了你那没用的口条。"赖大气得骂道,"还不赶紧说那孙家姑爷还说了什么。"

"是是是。"赵三跪在地上磕头如捣蒜,"他还说,还说,大,大老爷是将二小姐卖给孙家的,他说大老爷拿了他五千两现银。"

贾琏气得站起身,抬腿一脚将赵三踹倒在地:"混账囚攮的,还叫我不要发怒?你们跟过去好几个人,都是死人啊?看着主子任人欺辱?"

赵三伏在地上战战兢兢道:"二爷有所不知,那孙绍祖弓马娴熟、武艺高强,二三十个壮汉轻易近不得他身，小的们便是拼上性命也是无济于事的。"

"那你们不会回来报信？"赖大道。

"小的早就想回来报信了，无奈二小姐再三叮嘱，不叫家里知道，免得父母尊长跟着操心。"

贾琏听了，知道他所言不虚，确是迎春口气，便低头摆手道："你先下去吧。"赵三磕了头退下，赖大道："二爷，此事还需报与大老爷知道啊。"

"那是自然。"贾琏道，"我这就进去回禀老爷，看如何处置。"贾琏才要起身，却见林之孝神色慌张地走了进来："二爷，坏事了。"

"可是说二小姐的事？"贾琏皱眉道。

"二小姐怎么啦？"林之孝问道。

"二小姐没了。"赖大道。

"啊？"林之孝大惊，"怎么好好的竟没了？"

"你且说你的事吧。"贾琏不耐烦道。

林之孝看了赖大一眼，赖大站着没动，林之孝上前一步道："史侯出事了。"

"什么？"贾琏和赖大皆大吃一惊，不约而同齐声道。贾琏急道："你从哪里得来的消息？"

"宫里的周太监偷偷传出来的消息，说史侯在外任上伙同西凉州节度使贪赃枉法、克扣军饷、草菅人命,圣上已遣钦差暗访久矣,如今已大致查实,正拟旨着提取回京交有司审理呢。"

"可真不真啊?"赖大惊道。

"这个谁敢说呢?!"林之孝支吾道,"要不我再亲去史侯府上打探打探?"说着便要出门。

"且先莫去。"贾琏心里也有些数,故摆手止道,"先静观其变再说。既是已有圣旨,老爷日日上朝断没有不知情的道理。咱们这么迫不及待地前去打探,反显着心虚了。"

"那咱们就这么干坐着?"林之孝道。

贾琏低头在屋内踱了两圈,道:"且容我细想想。我方才从里头刚见过老爷,并未听他说起此事,想必圣旨尚未下。"贾琏沉思道,"我这就进去禀告老爷去,看老爷怎么说?"

"那二小姐的事呢?"赖大道。

"唉!"贾琏叹了口气,"且先不忙她的事。我先去见了二老爷,回头再去见大老爷。"说着急急进内院去了。

"二小姐却怎么了?"林之孝这才得空问赖大。赖大便将孙家之事一一说了一遍。"这还有天理王法吗？"林之孝惊道，"堂堂侯门之女竟受这等羞辱？难道咱们家便就罢了不成？"

"想必不至于就这样罢了，这不是你方才回了这桩大事吗？且等等看吧。"赖大附耳道，"咱们大老爷的性子，油锅里的钱都恨不得捞几个出来使，这样大事岂有善罢甘休的?!"林之孝闻言笑道："说得是。"

贾琏一径到了贾政外书房，见詹光、单聘仁等几个清客都在，便进去行了礼，将贾政延请至内书房，将史家之事回禀了。贾政听了不禁惊得坐在那里呆住了，半响方喃喃道："这真是山雨欲来风满楼啊！"

"要不让太太找个由头进宫一趟？"贾琏进来路上便盘算好了，因此小声道，"今日十一，离着圣上恩准的日子只差着一日。让太太进去同娘娘说说，看能否请咱们娘娘去求圣上个恩典。"

"万万不可！"贾政忙摆手道，"且不说太太是否见得着娘娘，也不说娘娘能否去求情，只一条便说不通。"

"哪一条？"

"既是圣旨未下，咱们家如何得知？娘娘又如何得知？这私通内官、后宫干政，哪一条罪名都不小啊！"

贾琏一听惊出一身冷汗，点头道："是是是，到底是老爷思虑得周全啊！只是咱们这几家，一荣俱荣，一损俱损，只怕史家有事，咱们若不救，难保不受牵连啊。"

贾政点头道："你说得何尝没有道理？只是眼下不宜轻举妄动，先自乱了阵脚。朝廷里的事向来瞬息万变，既是圣旨拟而不下，自然是皇上心意未决，此时若我们自投罗网，反恐触怒天威，不如明日早朝相机行事。若真有事，舅老爷自然不会袖手旁观。他一发声，自有附议者，总好过如今咱们两眼一抹黑地便去单打独斗。"一席话说得贾琏连连点头道："既这样，如今咱们还是不动的好！"

"正是。"贾政捻须颔首道，"当今圣上乃有道明君，自不会冤了贤臣，亦不会不顾念旧臣的。"

贾琏低头沉思了片刻，点点头道："还有一事，也叫老爷知道才好。"

"何事？"

"二妹妹没了。刚才陪房张三来报的。"贾琏便将那孙绍祖行径一一报知贾政。贾政听了叹息道："我早就说这孙家并非诗礼之家,大老爷偏偏一意孤行,如今果然害了自家姑娘。"又问贾琏道,"大老爷如今打算如何处置此事?总不成我贾府的千金枉死人手竟不了了之?"

贾琏道:"老爷说的是!只因急着来回史侯的事,还没来得及将二妹妹的事禀告大老爷。"

"那你快去吧,这事毕竟尚需大老爷拿个主张才是。"

第十六回

心怀鬼胎孙家送礼
见钱眼开贾赦嗫声

如今且说那孙绍祖,再不料迎春竟是如此柔弱,竟一条白绫自我了断了,不禁心下发慌:孙家只自己一人在京,况迎春胸肋处尚有自己日前一时失手留下的一大片瘀青尚未褪尽,倘若贾家闹将起来便如何是好?一人在房内来回踱步,心乱如麻,突然想起一法,拍手道:"如今也只有这一招了,但愿管用。"即刻唤人进来,叫立刻设法凑齐五千两现银急用。家人一时备齐进来回话,那孙绍祖换了丧服,叫人抬了银子,自己骑马在前,直奔荣国府。

再说那贾环自中秋夜宴后便常至贾赦处请安问好,百般讨好奉迎,哄得贾赦十分欢喜。这日无事,他便又来贾赦处,小丫头见了道:"三爷,老爷今日去外书房了,你上前头寻去吧。"贾环答应了便往外书房而去,恰迎面遇见孙绍祖。二人见了礼,便一同前行。贾环道:"二姐夫却是为何人服丧啊?"孙绍祖听闻,忙掩面假装拭泪道:"实是为令姊啊!"

"啊?我二姐姐没了?"贾环惊道,"好好的,怎么就没了?"孙绍祖也不答言,只苦着脸装出一副悲伤模样。

贾赦的小厮们知道近日贾赦颇为待见贾环,看见他同孙绍祖一路行来,心下诧异也不敢多问,只得上前行了礼。二人相让着进了书房,贾赦早已在书房内坐着了。贾环忙上前行礼,贾赦"嗯"了一声并不答言。孙绍祖则"扑通"一声双膝跪地,碰头有声,哭道:"岳父大人,小婿有愧啊!未能照顾好令爱,实在该死啊!"

贾赦看着孙绍祖跪在面前磕头如捣蒜,不禁怒火中烧,指着骂道:"混账囚攮的,我好好的女儿到了你家才刚一年竟没了!你若不交代明白,我便摘了你的狗头与我女儿祭奠。"

"岳父大人且请节哀,且容小婿诉说一二。"孙绍祖伏地道。

"你竟还有话说?"贾赦怒道,"我且与你到官家面前再做分辩。"说着便欲起身,贾环一旁扶住道:"大老爷自然是心疼二姐姐的,只是看姐夫亦是伤心万分,且听他有何话说,再去官家面前不迟。"

孙绍祖忙道:"小婿其实也无可分辩,虽说夫人身子实在柔弱,不过是偶感风寒,小婿遍请京中名医皆无果,到底还是撂下小婿一人径自去了。"说着放声痛哭起来,又哽咽道:"然则到底是小婿辜负了岳父大人的重托,这等罪过百死莫赎。小婿是个粗人,也不知该如何悔过,只得搜宅刮院、砸锅卖铁拼凑了五千两银子来,以慰岳父大人之心。"说到此处,孙绍祖偷眼瞄了瞄贾赦,见他面上神情明显和缓,赶紧又道:"只待夫人丧礼毕,小婿便着人将夫人的陪嫁送回,也免得小婿睹物思人。"不待贾赦答话,便扭头对门外高声道:"抬进来。"候在外头的几名壮汉应声将银箱抬了进来,在门口一字排开。孙绍祖也不待贾赦叫他起来,自己起身上前将箱盖打开,白花花的银锭现了出来。

"唉!"贾赦略略抬了抬眼皮子,叹了口气道,"死生有命,富贵在天。人死不能复生,贤婿你也不必太过悲伤,回去好生料理后事吧。"

"多谢岳父大人关怀。"孙绍祖作势又拿衣袖拭了拭泪,"也请岳父大人务必节哀,保重身体。小婿这就先回去料理夫人后事了。"

贾赦点点头,道:"环哥儿,你替我送送你二姐夫。"

贾环同孙绍祖出了外书房,走了几步,孙绍祖停下握住贾环的手道:"三弟方才相助之情,孙某必不敢忘,容当后报。"贾环笑道:"姐夫说哪里话?自家骨肉,何必见外?!"二人说笑着携手往外走。二人越说越投机,贾环将孙绍祖一直送至大门外,二人又站着说了几句,方才拱手道别。

孙绍祖正欲翻身上马,却见一队人马,锦衣绣服,攥狗架鹰,前呼后拥而来,定睛一看,却是宝玉同着冯紫英、陈也俊、卫若兰等人一路说笑而来。贾环与孙绍祖只得站下候着。转瞬之间一队人马已至跟前,宝玉也已看见贾环与孙绍祖,见孙绍祖一身丧服,便滚鞍下马,过来行礼问好,又问:"二姐夫这是为何人服丧?"于是孙绍祖只得将迎春之事又说了一遍,少不得又要装出一副哀伤模样来。

那宝玉一听说迎春竟没了,顿时便呆在那里。冯紫英等人过来叫他,也不搭话。众人皆知他同姐妹们情意最重,也顾不得同孙绍祖、贾环客套见礼,赶紧一拥而上,半抱半拉地弄了进去。府内小厮们接着赶紧往二门送,里头媳妇们接了,皆乱作一团。一群人吵吵嚷嚷地拥进园去了,早有人跑去报知贾母与王夫人等人了,外头冯紫英赶紧叫自家小厮快马去请太医,里里外外顿时乱将起来。

孙绍祖见了,吓得慌不迭与贾环道别上马飞驰而去。

且说贾琏离了贾政,便急忙赶往别院,进了书房,贾赦亦刚从外书房回来。贾琏正欲细叙迎春之事,贾赦却道:"此事我已尽知,你不必再说了。"又叹息道,"是你二妹妹福薄啊!这样好人家,这样好夫君,却无福消受。"贾琏心中诧异,方欲辩解,贾赦又道:"此事你亦须盯紧点,不能叫孙家刻薄了你妹妹的葬礼。还有,葬礼结束,莫忘了将你二妹妹的陪嫁取回。嫁妆的清单,你去问太太要,仔细看看单子上可漏了老太太和二太太赏赐的东西。"贾琏满腹狐疑,终不敢出声,只得默默退下。

回到书房,犹自疑虑,早过了午饭时,也无心吃东西,便差兴儿去打听。不一时,兴儿回来将孙绍祖送了五千两现银的事——禀明。贾琏听了不禁又恼又恨又伤心,正坐着发怔,小童隆儿跑进来叫道:"二爷快进去吧,里头老太太传呢。"贾琏只得起身整了整衣衫:"可知是什么事情?"

"想必是为二小姐的事。"隆儿道,"传话的小丫头说,宝二爷在门口遇着孙姑爷了,知道了二小姐的事,当时就犯了病,进去见了老太太和太太才哭出声来。"

贾琏听了忙又进去,到了贾母处,远远便看见众人在廊下交头接耳,看见贾琏来了,皆吓得闭了嘴低头垂首行礼。贾琏硬着头皮走近前去,门口站着的小丫头早已进去通报。贾琏一到门口,便有人打起帘子让进去。贾母抬头一眼看见贾琏,喝道:"跪下。"贾琏赶紧跪倒在地。"你们这起下流种子,越发地有长进了。你亲妹妹被人家搓磨死了,竟就这么了事了?"贾琏伏在地上不敢抬头,亦不敢辩驳。"那迎丫头打小便最老实娴静,从来与世无争。"贾母说着又哭了起来,"在我这儿长得花朵似的被你们弄走了,这会子才几天的工夫呀,人就没了!若不是宝玉来说,我还蒙在鼓里。你们是也没打算叫我这老婆子知道啊!啊?"贾母越说越来气,"还说我偏心?我看你们这是连心也没有啊!但凡有颗肉长的心，岂有亲生骨肉枉死却无动于衷的？！"众人皆知她明里骂贾琏，实是说贾赦，谁也不敢搭言。

恰此时一个小丫头悄悄进来，对鸳鸯耳语了几句。鸳鸯点点头，正被贾母瞧见，喝道："你们鬼鬼祟祟地嘀咕什么呢？好事不背人，背人无好事。"鸳鸯忙道："并没有什么要紧事，这个没成色的糊涂东西，她就是进来回一声，说外头饭已备好，问几时开饭呢。我叫她先出去候着。"

"做什么要候着？"贾母气呼呼道，"开饭！人家亲骨肉的也没不吃饭，我们做什么要饿着？！"

那小丫头看了看鸳鸯，鸳鸯使了个眼色，她这才赶紧出去传饭。一时饭菜捧了进来，凤姐伺机过去将贾琏从地上扶起，贾母只作不见。邢夫人、王夫人、李纨、凤姐都赶紧上前捧饭、安箸，贾母指着邢夫人道："你也不必在我跟前，还是回去侍奉你们大老爷要紧。你在我这儿纵是把手做折了，我也是拿不出五千两银子来打赏的。"众人听了这话，更吓得大气也不敢出。

邢夫人满腹委屈，却也不敢争辩，只得含泪忍着，退后不是，上前亦不是。王夫人道："大太太不如回去看看吧，打从早上便在这儿，还不曾见着大老爷，想必大老爷此刻也正伤心着呢，不如先回去看看。这里有我和珠儿媳妇、凤丫头也尽够了。"邢夫人感激地看了一眼王夫人，上前对贾母行礼道："那媳妇便先告退了。"

贾母瞥了她一眼，鼻子里头"哼"了一声，看邢夫人退了出去，便对俯首立在门口的贾琏道："你还站在这里做什么？等着我请你坐上席么？"吓得贾琏赶紧道："老太太慢用。"躬身缓缓退出。

邢夫人窝着一肚子的火回到别院，见了贾赦，将贾母的话约略说了几句。贾赦沉默了半晌，方淡淡道："叫太太受委屈了。"

"你我夫妻一体，有何委屈可言？"邢夫人平日里奉承贾赦早已经习惯成自然了，想也不想便脱口道。

"如此甚好。"贾赦淡淡一笑，对丫鬟道，"扶你家太太回房歇息去吧。"

邢夫人走后，贾赦抬手将案上的一只梅瓶拂掉。门外候着的小厮慌忙进来收拾，贾赦厉声道："去，把嫣红和翠萍两个都给我叫来。"

是夜，只听得嫣红和翠萍两个哀叫了许久，直至鼓打三更方才消停。

第十七回

南安太妃偷梁换柱
贾府千金和亲安邦

次日朝堂,礼部裴尚书奏本:"有粤东番国特遣使臣前来求亲,欲求娶我朝公主、郡主为妻,并愿世代臣服,永不作乱。"圣上闻奏,笑道:"我朝并无适婚公主了,爱卿难道没对使臣言明吗?"

"皇上圣明,臣自然是同他说了。"裴尚书道,"他的国书上也写着郡主二字,可见其心至诚,此行是必欲与我朝联姻的。"又道,"这粤东小国,国虽不大,地虽不广,民风却历来剽悍,如今天下太平久矣,如此小国还是以安抚为上啊。"

"既如此,几位王爷谁家有适嫁之女可为国分忧啊?"

"陛下。"忠顺王出班奏道,"臣倒是有心想为国效力,奈何我们这几家的郡主老的老、小的小,唯有南安王之女锦云县主年已及笄,正是花样年华,且锦云县主贤名在外,京城内外谁人不知?"又笑道,"况且近日王爷不是也正忙着择婿吗?窈窕淑女,君子好逑,这几日南安王府的门槛子恐怕都要被官媒们踏破了吧?与其听凭官媒们说合,倒不如嫁了这粤东王。一来替陛下分了忧,二来也得个番王做乘龙快婿,岂不两全?!"

"你!"南安王怒视忠顺王,强压怒火出班道,"陛下,老臣年近半百方得此女,因此从小娇纵,恣意任性,远嫁恐有伤国体。"

圣上听了面露不悦,淡淡道:"卿家既有难处,就不必勉强啦!"

忠顺王闻言正色道:"南安王爷此言差矣!你我皆世受皇恩,又都承袭祖上武荫,却既未戍过边,亦未巡过营。臣在家每自省及,如此枉自尸位素餐,心下皆不胜惶恐。如今听见此事,只恨自家女儿年纪太小,不能为国效力,若能拔苗助长,臣即刻便回家'拔苗'去。"一席话说得朝堂上人人皆抿嘴偷笑,圣上听了却是十分喜悦,笑道:"爱卿忠君之心,朕已尽知。只是南安王爷爱女心切,亦是人之常情,不好强求。众卿可还有别事要奏?"裴尚书还欲再说,见忠顺王朝他使了个眼色，便将话又咽了回去，同忠顺王一起退回班中。

"臣有本要奏。"大理寺卿钟明出班启奏道。

"卿有何事？"

"前金陵城内钦差金陵省体仁院总裁甄氏一门俱已押解至京，唯其幼子甄瑛外出访友，闻讯潜逃，其余人等尽皆下狱，单等三司会审完便可将卷宗上呈陛下御览。"

"如何叫走失了一人？"圣上不悦道。

刑部李尚书出班道："此事系臣等失察，不过陛下且放宽心，臣等业已查明，此子尚未成人，且不学无术，日常不过于内宅之中厮混而已，不过一膏粱纨绔尔。如今当地府衙已画影图形，发下海捕公文，谅其插翅难飞，不日即可归案。"听得贾政几层衫袍尽皆湿透。

圣上点点头，又问众臣可还有事要奏。见无人请奏，圣上便问兵部尚书，近日北方边贸情形如何。兵部尚书袁凡出班奏对道："虽有几次小冲突，但皆无大碍。"圣上道："到底是边境关隘，切不可掉以轻心，便着王都检前往巡察一番，以慰朕心。"王子腾巡边刚回来不久，循例该在家休养一番再行派遣，闻言心中疑虑，正沉思间，大司马贾化出班道："皇上，皇上圣明，皇上不必忧心，臣已查明，不过是边贸商人为着锱铢小利相持不下起了些争执罢了，何必劳烦都检点大人大材小用呢！"不料此言一出龙颜震怒，圣上厉声呵斥道："边境关隘，向无小事，朕竟不知你秉着这等念头是如何协理军机的？！"唬得贾化立刻跪伏在殿前，惶恐不已，高声叫道："臣知罪！臣该死！"

"死就不必了，也还不至于。"圣上冷冷道，"只是今后你也不必协理军机了。"

"谢皇上！臣遵旨！"贾化伏地高呼。

"王爱卿，朕知你巡边才回，本该叫你与家人好好团聚几日……"

不等圣上说完，王子腾便出班道："皇上，臣为皇上万死不辞，臣即刻便收拾行囊起程。臣先行告退。"说完叩拜出殿。

圣上便又瞥了南安王一眼叹息道："唉！若众卿皆如王爱卿一般，则朕无忧矣！"见再无人请奏，殿前太监高唱退朝。

贾政这才松了一口气，还好，并无和史家相关事宜。岂知昨日夜间钦差便携密旨出宫，八百里加急直奔西凉州而去了。

话说那南安王爷回府后,将今日朝堂之事同王妃一说,王妃听了亦是恐慌不已,只怕此事不能就此了结,有心叫女儿远嫁和亲,心内又着实不忍。王妃垂泪道:"我生此女,可谓千辛万苦,险些丧了性命,老太妃更是视若珍宝,此事便是我肯了,她老人家亦是万万不能点头的。"

"圣上不悦之情已尽流于言表,只是殿上未明言罢了,我若一味装傻充愣恐也难以蒙混过关,那番国使臣如今在驿馆内坐等回复,岂肯空手而回?殿上又有忠顺王爷咄咄相逼,此事恐难善了啊!"南安王愁苦道。

夫妻二人计议良久,并无良策,只得入内去见老太妃,不得已将此事禀明。那南安老太妃历经四朝,听了儿子、媳妇之言,沉吟许久方缓缓道:"天威不可犯!此事需谨慎为之啊!"母子三人正说着话,有丫鬟进来禀报:"外头小厮来报,说九省都检点王子腾大人微服来访。"

"知道了,先请入书房喝茶,我这就过去。"南安王道,"他正欲北上巡边,想必是来辞行的,我去去就来。"不一会儿,南安王回来道:"果然是不放心家中,特来嘱我关照一二。"老太妃听了忽然若有所思道："这王子腾不是荣国府的舅老爷吗？去岁，他亲家保宁侯出了事的？"

"正是。"南安王道，"荣府的老太太你老人家是极熟的。"

"是啊，我与他家史太夫人相识多年，前些日子她做寿我还去了。"南安太妃眼前一亮，"咱们锦云之事我倒是想了个法子，只不知行与不行？"

"什么法子？"南安王夫妇皆道，"母亲快请说来听听。"

"上回史太夫人八旬寿诞，我见了她家的几个姑娘，真正个个都是极好的，且都与我们锦云年纪相仿。那日我还后悔没将咱们锦云一起带去呢！"南安太妃道。

"母亲的意思是咱们可向圣上举荐她家的姑娘？"王妃疑道。

"不！"太妃摇头摆手道，"怎可如此行事？！一则，她家的姑娘不够格；二则，咱们不舍自家的孩子，却去朝堂之上举荐人家的孩子，那当不是坏了咱们世代的交情？！"

"那母亲的意思是？"南安王亦不禁问道。

"你们先别急,且听我把那日见的几位姑娘同你们说一说。"太妃微微一笑,"头一个便是史大姑娘,这个自是不妥,史侯亦不能愿意;这第二个是史太夫人儿媳娘家的姨侄女儿,亦是王子腾的外甥女儿,年纪略有些大了,且是入宫待过选的,自然也是不妥;这第三个隔着更远些,是史太夫人儿媳妹妹婆家的侄女儿,且已配与了梅翰林之子,自不用提她;这第四个是史太夫人的嫡亲外孙女儿,那孩子好虽好,只是生得太过纤弱了,不堪托付;这第五个却是史太夫人的孙女儿,生得当真是俊眼修眉,顾盼神飞,叫人见之忘俗啊!可惜是她家老二政哥儿的庶出。"

"母亲您到底想说什么呀?"南安王忍不住问道。

"你别急呀!"太妃笑道,"这就说到正题了。我琢磨着,咱们能不能去认了史太夫人那个庶出的孙女儿回来做我的孙女儿。"

"此话怎讲?"南安王急道。

"你不是同她家老二政哥儿一向走得近么?不如你先去探探他的口风。就说我回家来总向你们提起她家姑娘,心里欢喜得紧,因此你同王妃想认她的姑娘做义女,便于常相走动。"太妃道。

"母亲,且不说这内宅之事我走去与政公商量不妥,只说今日朝堂贾政也在,这会子我们跑去认亲,他岂能不明就里?焉能答应?"

"我的儿,这你就不懂了。"太妃笑道,"若是王妃去说,自是只能同政哥儿的媳妇说话。那姑娘非她亲生,她必不能轻易点头,自然还要去回了她的婆婆和夫君知道,也必以他们的主意为正。若是我走去同他家太夫人说,未免显得太过做作,且那姑娘一向养在太夫人膝下,咱们终究是想要她代嫁的,那史太夫人日后岂有不怨我的?只有你去同政哥儿说,他便是猜中咱们的用意,也无关紧要。他若愿意,最好;若不愿,不过是找个托辞拒了你便罢,也无甚大碍。不比妇人们说话,经年不散。"听得南安王夫妇频频点头,"何况那政哥儿也是为官多年的人了,自是不会鼠目寸光。倘若真心爱惜那姑娘,自当为之计深远。他家姑娘不过庶女出身,若做了你们的义女,于她岂不是有百利而无一害?若以县主的身份嫁往番国,那就是堂堂王妃了,岂非一朝乌鸡变凤凰?她若如常而嫁,又能嫁个什么样的人家?更无前程可言。如今京城里的官宦子弟们谁家不讲究媳妇的门第出身?从来男子无分嫡庶,可这女孩儿可比不得男孩。"

"可是母亲,即便是政公许了此事,朝廷上又如何交代啊?"南安王道。

"要说这事儿,也不算咱们首创。"太妃不屑道,"历朝历代,哪朝没有和亲之事?哪个番国来了不是说想娶个天朝的公主、郡主的当王妃,美其名曰'和亲',实则不过是想得一大笔陪嫁,日后每年也好借着公主、郡主的名再来跟朝廷讨要一堆封赏罢了。谁又在乎娶的到底是不是真公主、真郡主呢?又有几个真就娶了真公主、真郡主呢?即便是圣上亦是心知肚明。"

"对啊!"南安王拍手笑道,"母亲言之有理,儿子真是急糊涂了。"

"到底还是母亲深思熟虑!"王妃亦对南安王笑道,"你我皆望尘莫及啊!"

"如此,我明日散朝便同政公说此事。"南安王一语未了,有丫鬟进来报:"宫里来人了。"南安王急忙出去,不一时回来,没进门便笑道:"此事必成了。"太妃与王妃忙问端的,南安王道:"才宫中传话来,说昨夜圣旨便已送出,要调取忠靖侯史鼎回京训话。"王妃道:"史侯怎么了?"

"据传史侯伙同西凉州节度使克扣军饷，真不真的还不知道呢。不过既然有旨调取，想必皇上是信了几分了，便看史侯回来如何辩驳了。"南安王道，"所以我说此事如今必成了。史侯回来，朝堂上必有一番争执，多一人支持便多一分胜算。"

"既是这样，你又何必等明日散朝？"太妃道，"你得了这消息，想必他们贾家也得了，倒不如你这就去同政哥儿说去。他若应了，明日朝堂之上你也有话回圣上了。圣上高兴，你再帮史侯说话岂非也更得力些？"太妃低头又想了想，"那番国的使臣如今在驿馆内坐等朝廷回复，咱们这里一允婚，皇上自然就吩咐从速备嫁。你就同贾家说，一应妆奁他们皆不用操心，皆由我们置办。番国的彩礼无论多寡皆归他们家，朝廷若有赏赐也尽归他家。等出嫁前几日，一乘小轿抬了他家姑娘过来，咱们风风光光将他家姑娘嫁出去，外人谁能知晓？将来富贵荣华，还不俱是他们家姑娘享用？！圣旨昨晚才送出，等史侯回京怎么着快也得是半个月二十来天，要是慢便得是个把月后的事了。我算着离他家姑娘出嫁的日子也差不了几日。到那时，正是圣心愉悦之时，万事也好商量不是？"

南安王听了连连称"是",当晚便去拜访贾政。二人一番倾心长谈,道别时已是互称亲家了。

次日朝堂之上,南安王出班表了一番忠心,圣心大悦,当即册封待嫁女为锦云郡主,又赐上等妆缎蟒缎百匹、上用各色宁绸百匹、上用宫绸百匹、上用缎百匹、上用纱百匹、紫金"笔锭如意"锞百锭、各色珠宝玉器以及苏绣、蜀绣、湘绣、粤绣、云锦无数,另征各行各业能工巧匠以壮嫁奁。

至出嫁日,但见帐舞蟠龙,旗飞彩凤,金银焕彩,珠宝争辉,花彩缤纷,鼓乐喧天。众人送至江边,看探春上了龙舟,扬帆远去。

第十八回

贾元妃魂断铁网山
贾惜春出家水月庵

探春出嫁之时,史鼎与西凉州节度使丛胜也被一并押解至京。钦差早已暗访多时,二人贪赃枉法、克扣军饷、草菅人命,桩桩件件,证据确凿,哪一件说出来皆惊得人瞠目结舌。有那素日与他二人相厚者,此时深恐牵涉己身,无不思虑如何自保的,有与他二人素日不睦者,摩拳擦掌务要置二人于死地的,自然亦少不了有坐山观虎斗的,朝堂之上顿时窃窃私语。

当今圣上,少年登基,至今已历无数明争暗斗,早已是沉稳老练的圣明天子,当时便金口亲言,只查办史鼎与丛胜两家,余不累及,朝堂上顿时便鸦雀无声。倒是北静王水溶一向与史鼎交情并不太深,此刻见众人皆作壁上观,却是心中不忍,当下出班奏道:"皇上,史鼎虽有罪,但据其案情其并非主犯,且悔罪之心恳切,万望皇上能念其先祖乃我朝功臣，其兄史鼐为国戍边，战死疆场，其本人也曾风餐露宿，夙夜巡边，对其从轻发落。"北静王这一出头，南安王、东平王、西宁郡王、东安郡王、襄阳侯、景田侯、神武将军、贾政等人亦纷纷出班，异口同声皆为史鼎求情。

圣上见此情形，也只得顾念旧情，留下了史鼎性命。然死罪可免，活罪难逃，流放三千里，有生之年不得返京；家中所有成年男丁，皆送去边关服役，年满五十方可回京，未成年男丁及二十五岁以下女眷皆罚做官奴，女眷二十五岁以上者或从流放或做官奴，可任选其一，若有襁褓中婴孩皆随其母，一应家私罚没入官。那丛胜乃是数案主谋，罪大恶极，处凌迟三千刀，其所有家眷凡成年者，无论男女一律流放三千里，有生之年皆不得返京；未成年者全部送入宫中辛者库服役。襁褓之中的婴孩亦随其母，所有家私均罚没入官。圣旨一下，满朝文武无不心惊胆战，人人自危。众臣回府犹自惶恐。

次日圣谕又下，不日启程前往铁网山围猎，世袭三品威镇将军陈瑞文父子、世袭二等男兼京营游击谢鲸、神武冯老将军父子伴驾随行，五城兵马司裘良留守。文官只带了北静王水溶与忠顺王爷随行伴驾,后宫也只带了贾元妃同周贵人。同日,圣上又钦点了贾政为两淮巡盐御史,令择日起程。朝堂之上一片赞颂之声,皆称当今圣明至德,恩威并举、赏罚分明。

贾府众人听闻噩耗,人人心惊,个个胆寒,府门紧闭,上下人等无不小心行事。贾政等人本不欲叫贾母知晓,但如此新闻,京城内外,乃至举国上下妇孺皆知,贾母岂有不闻的?听着信当时便晕了过去。

贾琏闻禀,策马狂奔,亲赴太医院请了常替府中诊脉的王太医,替贾母扎了几针方才苏醒过来,话却说不清楚了,且半边身子动弹不得,一家子围着啼哭不已。贾赦等将太医延请至书房坐下,太医对贾赦、贾政、贾珍、贾琏道:"太夫人此乃急痛所致壅塞者。倘或是年富力强者,不过一时痰迷,去瘀化痰即可,然太夫人年迈之人,如今急怒攻心,看症状是中风了,急切间恐不能解。"贾赦等人听了皆急道:"这便如何是好?"王太医道:"诸位大人莫急,晚生自当尽力。只是太夫人年迈,若要复元恐非易事。晚生先以针灸、推拿治疗,再辅以汤药,另写一份膳食清单,日后饮食亦按晚生所列清单调护,想必能有所好转。"贾赦等人皆一一点头答应，贾琏又将王太医送了出去。贾赦等人复至贾母榻前，可怜贾母此刻虽口不能言，心里却是明白的，手脚又不听使唤，唯有老泪纵横。众人见了，无不心酸。

眼看着便到了贾政启程之日，宝玉及族中诸子弟皆又送至洒泪亭。贾政心中百般放不下，对贾珍、贾琏等人千叮咛万嘱咐，务必闭门静修，诸子弟切勿外出招摇。贾珍等皆一一答应，使其安心赴任。及至贾政走后，贾珍等人依旧是斗叶掷骰，放头开局，眠花宿柳，通宵达旦。

且说那贾环如今年岁渐长，心性越来越像赵姨娘，整日里胡思乱想，不甘久居人下，本来好容易得了贾赦的欢心，不料接二连三的烦心事让贾赦近日也无心理他，见他去得忒勤了点，便推身上不快，需静养，叫小厮回了他，不必日日前来请安。贾环心下失落之余，忽地想起那日与孙绍祖相见，二人甚是谈得来，不如去拜访拜访他，横竖闲来无事。孙绍祖见了贾环果然欢喜，贾环一向不招人待见，今难得孙绍祖如此热情相待，自然感激涕零，百般奉承讨好。家中诸事，凡孙绍祖有所问，无不倾心相告，二人情谊日浓。

这日，贾环又来寻孙绍祖说话，孙绍祖却甲胄在身，正欲出门。贾环忙问："二姐夫这身打扮，难道是边关有战事么？"

"太平盛世，哪里来的战事？"孙绍祖笑道，"不过是圣驾还朝，我等要出城迎接罢了。今日愚兄却不能陪你了，三弟请自便。"

"这么说我大姐姐要回来了？"贾环喜道，"二姐夫只管迎接圣驾要紧，我也回家报喜去了。"说罢同孙绍祖拱手作别，策马往家里跑，刚进了二门迎面撞见贾琏也往园内去，吓得赶紧垂手立于道边给贾琏行礼。贾琏并不理会，急匆匆往里走。贾环跟在后头，忍不住笑道："二哥哥，咱家娘娘要回来了。"贾琏闻言一惊，停下脚步回头打量了贾环一眼，道："你却如何知晓的？"贾环心中一喜，不禁微微有些得意道："此事千真万确，错不了。"

"我问你是如何知晓的？"贾琏不耐烦道。

"我自有我的路子。"贾环毕竟年纪尚幼，依旧洋洋自得道。

"混账下流种子！"贾琏厉声喝道，"你不赶紧回我的话，且得意什么？哪儿都不许去，就跪在这儿，等我回头腾出空来收拾你。"

"二姐夫，听二姐夫说的。"贾环唬得"扑通"一声跪在地上，连声道，"我是听二姐夫孙绍祖说的，他今日领兵出城接驾去了。"

"他是哪门子的二姐夫？"贾琏怒道，"你二姐便是死在他手上的，咱家与他势不两立！他是你哪门子的二姐夫？你这不长进的混账东西，如今竟与他混作一处了？！你且跪着，不许动，我一会子再来收拾你。"说着气恨恨地走了，留下贾环满腹委屈地跪在地上。

贾琏一径来至贾母屋前，探了探头，见邢夫人、王夫人、凤姐等人都围坐在贾母榻前，贾母半躺半靠在榻上，只凤姐一人打着手势似在说着什么，稍一回头可巧瞥见贾琏，便赶紧出来问何事。贾琏道："你快请了太太出来，有要紧事。"

"你便说与我，我自进去回。"凤姐道。

"就你能。"贾琏没好气道，"你赶紧进去把太太请出来，我有要紧事。"

凤姐听他说话语气难听，本想发作，却见他脸色难看，便压了火，进去将王夫人请了出来。贾琏悄声道："此处不是说话的地方，请太太先回房，我再慢慢说。"王夫人见他神色凝重，便点点头，一起往回走，经过园子，看见贾环还在路边跪着呢。两个跟他的小厮远远看见贾琏与王夫人走来，赶紧迎上来行礼。贾琏走近贾环道："还不快滚，今日且饶了你，再叫我知道你同那混账羔子往来，定打断你的狗腿。"贾环爬起来行了礼，待王夫人和贾琏走远了才敢回屋。

贾琏与王夫人进了内室，贾琏扶王夫人坐下。王夫人屏退左右道："我的儿，你这样郑重其事，想必不是什么好事情啊！"贾琏这才含泪道："我说了太太可千万要稳住啊！"王夫人默默点点头。贾琏跪倒在地，双手捧上一只锦盒，又顿了顿才道："咱们家娘娘没了！"一语未了，便哭了出来。王夫人疑是自己没有听真，伸颈侧耳道："你说什么？咱们家娘娘没了？"

贾琏点点头道："是。"

王夫人怔在那里，心内一片茫然。贾琏膝行上前，轻声唤道："太太，太太。"王夫人拿左手托了额头，轻叹一声，泪如雨下，右手握了胸口，连捶数下，一言未发，却早已痛彻心扉。贾琏欲唤人进来伺候，王夫人摆摆手，好一会儿才缓缓道："可知道是怎么没的？"

"来报信的太监说是娘娘一路颠簸，到了铁网山行宫便不大好，次日便小产了。那里虽有随行太医，到底诸般不济，圣上便遣人送娘娘回宫医治。谁知娘娘没撑住，竟在半道上便薨了。圣上闻讯，哀痛不已，中途停了秋围，快马加鞭地赶了回来。"贾琏将锦盒捧至王夫人跟前，"内官传话，说娘娘临终前叫务必将此物送回家。"

王夫人接过锦盒，打开一看，里头是一只碎了的蜡油冻佛手。

贾妃过世，圣上为之辍朝三日，以示荣宠，其丧仪圣上特嘱礼部诸般皆按规制最高等级施行，也算是哀荣无限。

贾家合府哀痛不已，独惜春一人仿佛置身事外。待众人伤痛之情稍稍平复，她却卸了钗环，洗净铅华，披了头发，一身素服来至贾母屋内，当着众人面发愿要出家当姑子去，唬得众人大惊失色，凤姐忙使人赶紧去东府里请贾珍夫妇过来。

惜春冷笑道："二嫂子，你也不必忙，凭谁来也劝不了我。试想，以大姐姐之慧、二姐姐之贤、三姐姐之能且皆如此下场，我有何能？才不如大姐姐，品不如二姐姐，貌不及三姐姐，每日里不过行尸走肉一般，白骗了老祖宗、太太、姐妹们许多疼爱，倒不如青灯礼佛，或可求个来生。"说着拿出藏在袖内的剪子,一下便绞了一大把头发。众人慌不迭上前阻拦,抢下剪子,惜春犹道:"我如今心意已决,若你们硬要拦我,我便宁肯一死。"众人见她如此,皆不知如何是好。

此时贾珍与尤氏亦闻讯赶来,众人将惜春的话大致复述了一遍。尤氏素来知道惜春的脾气,知道事已至此万难劝回,但又不好一言不发,只得硬着头皮劝了几句。那惜春看也不看她同贾珍,只低着头跪在地上,一言不发。屋内外皆寂然无声。

忽听鸳鸯大声道:"老太太有话说。"众人忙围至贾母榻前,屏气凝神听她说什么,只见贾母嘴唇费力地颤抖着,好半天终于吐了两个字:"由她。"

众人闻言皆松了一口气。

贾珍道:"既是四妹妹有心向佛,这本是咱们家的福气,且老太太也觉着妥,那自然是好的。只是如今外头实在乱得很,并无一处清净太平之地,何处可供修行呢?"

惜春垂头想了想道:"大哥哥这话说得是,我虽身在这深宅大院里头,倒也时常闻得些外头的事,不过我想外头再乱,佛门总归是块清净地吧?我想水月庵便是个不错的所在,智通、智善,我又极熟。"

"万万不可!"贾珍道,"再怎么说你也是侯门千金,岂能去那等抛头露面的所在?!你若一心向佛,便将你的住处改成佛堂亦可,在哪里修行佛主不知呢?"

"话是如此说,事却不可这样行。"惜春道,"我若连个窝都不挪,岂非自欺欺人,掩耳盗铃!"

"我倒有个主意,只不知四妹妹愿不愿意?"宝玉忽然插嘴道。众人都道:"你既有主意,不妨说来听听。"

"我想咱们园子里现放着现成的修行宝地,何必舍近求远?"宝玉道,"四妹妹不如去栊翠庵里出家便是,又不用出园子,咱们什么时候想见,都见得着,又能同妙玉做个伴,还不寂寞。"

"对呀!"众人皆拍手叫好。

惜春冷笑道:"你索性叫我也学她连头发也不必剃了,只做所谓的带发修行罢了。僧不僧,俗不俗,身在槛内,心在槛外,岂是我之所愿?我不做便罢,若做便不会如此拖泥带水,这般修行,还想超度?!如此欺佛,佛主不怪罪便已是阿弥陀佛了!"

宝玉听了顿时哑口无言。李纨一旁赞叹道:"真正四姑娘竟是一尊未来佛呢！如此虔诚，当真是感天动地！"

王夫人叹了口气，接口道："四姑娘若立意如此，老太太亦有话叫'由她'，咱们便莫要乱出主意，反倒坏了她一片礼佛的至诚之心，那水月庵的净虚师太亦算是有道之人了。"

凤姐听王夫人这样说，便也顺势道："太太说得是，那净虚师太为人也十分和善机变，四姑娘去她那儿她必是能照应周全的，也免了我们这些俗人在家忍不住还要瞎操心。她那里地方也尽够大的，四姑娘若去了便只管在后堂清修即可，也说不上抛头露面。"

贾珍听了这话，也只得点头应允，于是当即使人去传了水月庵的老尼净虚来，说了惜春出家之事。那净虚大喜，生怕惜春反悔，当时便道："阿弥陀佛！这都是府上终日积德行善，才有四姑娘今日之佛缘，真是天大的喜事啊！明日便是初五，乃上上大吉之日，便是明日替四姑娘剃度如何？"

王夫人道："明日是否太过仓促？"

"啊呀，我的好太太！"老尼净虚忙笑道，"这积德行善、恭敬礼佛岂有嫌早的？！"

王夫人想想也笑道:"真正我才是个俗人!"

凤姐闻言笑道:"连太太这样经年吃斋念佛的活菩萨都自称俗人,今后我可只敢自称'生人'了。"屋内众人这才皆有了些笑意。

尤氏原本想叫惜春屋里的几个丫头都一起跟了去服侍,无奈惜春不肯,说若是勉为其难还不如不去。正好贾母屋里如今正是用人之际,那几个丫头便全都拨到贾母屋里听差去了。

净虚也知惜春从来锦衣玉食,饭来张口,衣来伸手,若没人伺候是千难万难的,若再要几个丫头同去,好自然是好的,然一则惜春不肯,二则面子上也难看,便对尤氏笑道:"大奶奶无须担心,说到这儿,不得不敬佩佛祖事事先知。先前慧忍出家时,太太还疑她没有佛缘,如今看来,缘法竟在此处呢。"众人皆不解,尤氏奇道:"慧忍却是谁?"

"便是当日随智通去的芳官呀。"净虚笑道,"阿弥陀佛!她却是提前一步到佛前候着四姑娘了,如今正好也叫智通调教得诸事皆能了,正好伺候四姑娘。可不是万事皆有缘法么?"

尤氏听了瞠目结舌,点头不已,连声道:"阿弥陀佛！真正是佛法无边啊！"王夫人亦点头叹息道："竟不曾想到那芳官竟与四姑娘有这样大的缘分！"众人纷纷点头，赞叹不已。

次日，净虚便为惜春剃度出家，赐号智明。

第十九回

未雨绸缪偷运体己
趋炎附势各显神通

惜春出家的消息府中正传得沸沸扬扬之际，李纨娘家忽遣人送信来，说李母病重，请李纨速归。李纨闻讯忙禀明了贾母和王夫人。王夫人一听亲家母病重，赶紧叫贾琏安排车轿，亲送了李纨同贾兰回娘家。李纨进了内室，见李婶和两个女儿李纹、李绮都在，李母躺在床上，李纨吓得扑到床前放声便哭："母亲！母亲！"

李母"噗嗤"笑道："这傻孩子！"

"母亲？"李纨惊得收了泪，"你没病？"

"病倒是有些小病，不过是偶感风寒罢了，不打紧。"李母笑道。

"那如何去报信的人说是母亲病重啊？"李纨拿帕子拭干泪，气道，"这混账东西，连个话也说不周全，唬得我差点儿没魂灵出窍。"

李母笑道:"你也不必怪他,是我叫他那么说的,你如今家里百事千事的,太婆婆又中风在床,我怕你走不出,因此才想了这个法子。"

"家中近日的确是大事小情层出不穷。"李纨叹了口气,"唉!只是母亲你可吓死我了!"转脸对贾兰招手道,"兰儿,快来见过外祖母。"

贾兰这才得空上前一一见礼,李婶并两个女儿皆慌忙搀住,不叫磕头。李母待贾兰行完礼,将他唤至床前,执了贾兰之手,抚摸揉捏道:"好孩子,好孩子,你娘可全靠你了,务必用心读书。"贾兰点头答应。李纨道:"快去见过外祖父去。"丫鬟便领着贾兰出去见李守中。外头李守中正坐着陪贾琏说话,贾兰上前行礼答话不提。

"母亲今日编出这样的话哄我回来,想必是有要紧事吧?"李纨听贾兰脚步声远了,这才转脸问李母。

"姑娘,你说得正是啊。"李母叫李纨坐到床边,"这些日子,我与你父亲差不多日日都提及你家里的事。你父亲说朝野之中亦是飞短流长,众说纷纭。我们皆着实替你担忧啊!"

"母亲,我这一辈子横竖都这样了,还能怎样?"

李纨垂首道。

"姑娘,可你不能不为你的兰哥儿作想啊!"李母拉着李纨的手,"自从那贾代儒殁了,你家那学堂也就荒了,可是哥儿的学业不能荒啊!我知你日常也必敦促哥儿用功,只是单凭你,哥儿能学成什么样啊?"见李纨点头,又道,"所以你父亲打算将兰哥儿接到咱们家,替他另寻名师,不叫他荒废了学业。"

"多谢父母亲大人替我与兰儿操心,只是此事我需回去禀明了婆婆才能决断。"李纨道。

"那是自然,你公公外放扬州还有些日子才能回京,此事自然是要禀明你婆婆的。"李母点点头,"还有一事,你也须虑在前头,未雨绸缪才是啊!"李纨闻言抬眼看着李母,李母接着说道,"那江南甄家,当年何等煊赫?接驾四次,谁家有这样的荣宠?!一朝有事,顷刻之间便土崩瓦解,上无片瓦,下无寸地。"

李纨听了不解道,"母亲的意思是?"

"我知道你母子平时省吃俭用,方才积攒了些许银两,倘若他们贾家也有那么一天……"李母见李纨欲张口辩驳,抬手止住道,"太平无事,自然是上上大吉,我只是说万一。万一有那么一日,我的儿,你孤儿寡母,如何自处?虽说有娘家可回,但为娘的也是妇人,活到今日才总算活明白了,凭谁有皆不如自己有。你那点散碎银两,若裹入他们贾家那一堆金山银海里,无异于沧海一粟啊!"

李纨听了仍是浑然不解,喃喃道:"倘若真如母亲所言,那我也只能认命了。"

"啊呀!傻姑娘。"李婶听得着急,忍不住插嘴道,"大嫂嫂的意思是叫姑娘不如将这些年攒下的体己钱运回娘家收藏,以备将来不时之需。"

李母连连点头道:"正是此意。不知我儿你意下如何呀?"

李纨抿着嘴,想了一会儿道:"不知这是母亲和婶子的意思呢,还是父亲的意思?"

"嗨!"李婶道,"你爹娘为你的事日夜思虑,哪一天口中不念叨个三两回的?自然是全家的意思呀!"

"既是这样,我便谨遵父母之命便是。"

李母与李婶这才松了一口气,放下心来。几人便又计议了一番,定下运金之策:假借李母之病,李纨时常过来探望,暗中陆续将金银细软运回娘家。几人将事谋定,李纨才想起来同她们说惜春之事。李母听了叹息道:"唉!看来这贾家真是要败了,事事皆透着灰凉之气呀!"转又笑道,"不说他们家的事了,咱们家近日有桩喜事呢!"

"何事?"李纨道。

"你这两个妹妹都要出嫁了。"李母指着李纹、李绮笑道。

"是吗?竟是一点消息没透露呢。"李纨转头望着两个堂妹喜道,"几时定下的?定的谁家?可是我认识的?"李纹、李绮皆拿帕子掩了口,笑而不答。

"你再猜不着的。"李母笑道,"忠顺王府。"

"忠顺王府?"李纨奇道,"咱们家一向同忠顺王府并无往来啊?"

"啊呀!姑娘,你哪里知道这忠顺王爷如今是万岁爷面前的第一红人?你父亲说,那王爷人也是极好的,礼贤下士,不拿架子。"

"哦!"李纨点点头,"那是哪位妹妹嫁入忠顺王府?这可真是大喜事呀!"

"她两个皆嫁入忠顺王府。"李母笑道,"你婶娘可算是熬出头了,今后便只等着坐享清福了。"

"这忠顺王府竟有两位公子同时相中二位妹妹么?"

"不是府里的哥儿，是王爷，是忠顺王爷本人。"李母道，李婶一旁脸上微微一红，"虽是偏房，但王爷说了，一应陈设皆是同正房一般无二的。本来你父亲请王爷暗中相看，是想叫他挑其中之一，岂知王爷两个一眼都相中了，哪个也割舍不下。我与你婶娘商议了，那王府里自然是妻妾成群，纵然王爷再宠爱，也不能时时看着，到底还是她们自己要在内宅里过日子，她姊妹二人一起过去也好，互相还能有个帮衬，不致吃亏。"

李纨闻言心中一惊，嘴上却笑道："那敢情好，可订了吉日了？"

"定了，"李婶笑道，"便是月底。"

"好好好，我回去也同家里说一声，定是要来给二位妹妹庆贺的。"李纨笑道。

回到家，李纨先去见了贾母，至晚饭后才单独至王夫人屋内，先将贾兰读书一事说了。王夫人亦怕长此以往贾兰荒废了学业，当时便点头应允了，又叹息道："我的儿，你这么做是对的，我心里也巴不得叫宝玉也去呢！只是老太太如今这个样子，百善孝为先，还是叫他先在老太太跟前尽孝为上，且把那读书的事暂放一放吧。你也需替我好好谢谢二位亲家呢！兰哥儿学里的一应开销叫亲家不必拘礼，咱们自己打发。"李纨答应了，又将李纹、李绮之事说了。王夫人听了愣了一愣笑道："果然是喜事，日子到了你务必记得提醒我，不能短了礼数。"

李纨走后，王夫人修书一封，将近日家中诸事一一写明，叫人快马加鞭送往扬州，报与贾政。贾政接了书信，一边看，一边不免生出许多感慨，心知李家与忠顺王府结亲之意，不过是寻求新的靠山，图个日后的保险罢了。

说到这李守中寻求新靠山，便不得不说说那孙绍祖了。话说那孙绍祖眼见着贾家是靠不上了，也寻思着要另寻靠山，有心攀附当今红人北静王，奈何去了王府几趟，北静王爷皆托故不见，有心投靠忠顺王，却又无由接近，也怕同北静王府一样，又吃闭门羹，恰好贾环来闲坐，聊起尤氏堂妹即将嫁入忠顺王府之事，不禁大喜。待贾环走后，他写了拜帖，以贾赦女婿自居，封了一套新得的成窑五彩泥金小盖钟作为贺仪，送至李守中府上。那李守中见了孙绍祖拜帖，不好驳贾府的面子，且他现又在兵部袭着指挥一职，再见他送来的成窑钟子实乃稀世奇珍，便收下权作李氏姐妹的嫁妆，随即请进府内喝茶致谢，又略叙了几句旧，这才送出门去。

到了婚嫁吉日，忠顺王府虽娶的是妾室，但亦是张灯结彩、大宴宾客，自有那等随波逐流者听着消息赶着来捧场的，一时间王府门前车水马龙，来往宾朋，络绎不绝。孙绍祖又另备了礼物前去庆贺，李守中见了，遂携手至忠顺王驾前着意夸赞了几句。忠顺王爷本来喜得佳人，心情舒畅，又见那孙绍祖生得虎背熊腰，且又在兵部任职，心中甚喜，不免随口亦安抚了两句"后生可畏，前途远大"之类的客套话，以全李守中的颜面。贾府收到请柬，少不得由贾琏领着贾蓉前来赴宴，李纨自领着贾兰回娘家送嫁。

忠顺王爷新得佳人，自是日日流连于李氏姐妹房中，有时还叫她姐妹二人同时侍寝，弄得王府内宅怨声不断，众姬妾皆伺机至王妃面前诉苦不迭。王妃乃是名门淑女，又到了如今这般年纪，听了亦不过一笑了之，并不多言。

这日忠顺王爷在李纹房中无意看见陪嫁的成窑五彩泥金小盖钟，大惊，拿在手中赏玩许久，暗自思忖道："不料这李守中竟有如此珍贵之物，还竟然做了侄女儿的陪嫁。"于是着长史官将李守中请来。闲话之中聊及各色古董，似无意之间说起了李氏的陪嫁之物。忠顺王爷笑道："想必我那两位爱妾在娘家亦深得老大人关爱啊，竟将如此珍贵之物做了陪嫁。该受本王一拜啊！"说着作势起身要拜。

"岂敢岂敢。"李守中吓得赶紧离座扶住，反拱手道，"兄弟过世得早，弟妹少年守寡，实属不易，有所照拂实乃人之常情，岂敢居功？"又笑道："实不相瞒，下官素来清贫，家中并无此物，此乃舍侄女出嫁前孙指挥所赠，言明与她二人陪嫁所用，故不敢擅专，特做了她二人的陪嫁之物。"

"原来是这样。"忠顺王笑道，"即便如此，老大人养育之恩亦不可轻忘啊！"

又闲话几句，忠顺王爷着长史官送李守中出府。长史官送走李守中进来复命，忠顺王命即刻将孙绍祖唤来，当面询问那成窑茶钟的来历。孙绍祖拱手答道："此物乃京城古董商冷子兴所献。"

"这冷子兴可有什么背景么？"忠顺王爷听了转脸问长史官道。

"京城里头干古董行的想必都有些个来头，下官这就叫人去打听。"

"大人不必劳烦,这冷子兴的底细,下官尽知。"孙绍祖闻言忙道,"说起来,他与下官却也略有些瓜葛。"

"哦?"忠顺王爷道,"说来听听。"

"启禀王爷,"孙绍祖拱手道,"下官亡妻乃是荣府史太夫人的长子赦公之女,这冷子兴乃是太夫人次子政公之妻王夫人的陪房名唤周瑞家的女婿,他在京城做这古董行,仗的便是他岳丈家在荣府的这点子势。"

"我还以为什么了不得的来头?!"忠顺王不由淡淡一笑,转脸对长史官道,"去,即刻拿了那冷子兴来。"

"是!王爷请先歇息吧,下官办妥了便来回复。"长史官与孙绍祖告退出来,二人至外堂坐定,着人即刻提了冷子兴来。

第二十回

冷子兴鉴宝泄内情
贾雨村献礼换门庭

那冷子兴人在家中坐，祸从天上来，一头雾水，问办差的人，皆凶神恶煞一般，吓得他哆哆嗦嗦，战战兢兢，来到王府，抬头看见孙绍祖，仿佛见了救命的活菩萨，慌忙上前打躬作揖，行礼问安。孙绍祖笑道："冷兄不必慌张，长史官老大人不过是叫你来问几句话罢了。"冷子兴这才知道当中坐着的乃是王府长史官，赶紧跪下磕头请安。长史官也不与他废话，直接将那成窑茶钟端出来与他看道："你且起来。过来看看，这东西是从你手里出来的么？"

冷子兴并不敢起身，抬头略一打眼便看着了，忙道："是！是小人献与孙大人的。"

"那就好办了。"长史官笑道，"你且起来回话。"冷子兴站起身来，躬身侍立。长史官道："这东西你从哪儿倒腾来的？可还有别的什么好玩意儿？诸如瓶子、扇子之类的，皆是我们王爷心爱的。放心，只要玩意儿好，银子少不了你的。"冷子兴这才将一颗悬着的心放了下来，笑道："原来王爷他老人家也爱这些？"

"岂止是爱？"长史官微微一笑道，"是酷爱。若知道何处有这等好玩意儿，便是一刻也等不得的。"

"是是是，日后若有好东西一定先奉承他老人家。"冷子兴连声道，"只是这件东西，小人这里却再没有了。这还是一年前小人从乡下一个村夫手上倒腾来的。"

"哦？"长史官奇道，"一个村夫手上竟有这样的东西？"

"老大人果真是英明。"冷子兴殷勤笑道，"这东西虽是从他手上得来的，却并非他家中的旧物。"

"那他一介村夫却如何能得着这样的东西？"孙绍祖亦奇道。

"若问别件，小人怕真未必知情，碰巧这样东西小人还真就知道它的来龙去脉。"冷子兴笑道，"说起来，此物还与孙大人亦有些丝罗。"

"却与我有何瓜葛？我便是从你手中所得啊！"

"大人莫急，且听小的慢慢道来。"冷子兴笑道，

"大人岳父的弟媳祖上曾与这村夫祖上认过同宗,这村夫因为生计艰难,自己又拉不下脸,便叫他岳母前去荣府打抽丰。"说到此处,冷子兴看了看长史官同孙绍祖笑道,"不瞒二位大人,他那岳母能进得了荣府大门走得还是小人岳母的路子。小人的岳母乃是……"

"就莫扯那些没用的了。"孙绍祖道,"说要紧的。"

"是是是。"冷子兴连声应道,"也是机缘巧合,他那岳母虽是个山野村妪,却极投了他们荣府老太太的缘,留住了两日,还领了在他们家省亲的园子里各处皆逛了个遍,这茶钟便是他们家的公子赏赐的。"

"哦,这就对了,若是他家的倒也不稀奇。"长史官道,"可是他家那位衔玉所生的公子?"

"正是。"

"这就更对了。"长史官不屑道,"若是此人,便越发不稀奇了。这世上凭他是谁,也断无第二人能做出此等荒唐之事。将如此珍贵之物随手便撂与一个村姥野妇,岂非暴殄天物?当真是再好的家世也架不住败家的不肖子孙。"

"正是如此。"孙绍祖点头敷衍道。冷子兴为着素日皆得荣府照看,便小心赔笑道:"诸位王孙公子们皆是前世积德行善方得了今世富贵，小人们唯有羡慕而已。只是这件事情却是错怪了他了，这东西本是他家家庙栊翠庵里的姑子所有，因那婆子用了，他们出家清修之人便嫌腌臜，这才被他家公子讨了送与那婆子，也算是积德行善之举了。"

"哦？这东西的源头竟为一个姑子所有？"长史官不禁奇道，"这姑子却是什么来头？"

"这姑子家原也是官宦世家，曾同荣府二老爷的大公子订过娃娃亲的，可惜福薄，总生病，直至舍身佛门这才太平。"冷子兴道。

"原来如此。"长史官捻须颔首道。

待孙绍祖同冷子兴走后，长史官进去复命，那王爷听了也只得将此事先搁过一边。

冷子兴回到家中已是掌灯时分，腹中早已饥肠辘辘，刚进门便有家仆来报："兴隆街贾大人的使官等候老爷多时了，请老爷即刻过府回话呢。"吓得冷子兴屁股都不敢沾椅子，便赶紧跟了贾雨村的差人走了。

到了贾府，有内使接了引入书房。雨村过了一会儿才来，冷子兴忙跪下叩拜。雨村上前一把扶住笑道："此乃内室，老兄见外了。"冷子兴叩拜道："大人可折煞小人了。"雨村再三让座，冷子兴方敢半坐在椅子上。雨村拿起桌上一只笔洗递给冷子兴，笑道："我是个外行，今日有人送了这个笔洗来，说是汝窑的，我哪里懂这个，我知老兄是行家，所以特请老兄来帮我看看。"冷子兴闻言方松了一口气，凑近一看，只见这只香灰色敞口洗，浅弧壁，圈足微微外撇，通体施淡天青色釉，釉色莹润，釉面开细碎片纹。又看外面，底部有三个细如芝麻粒般的支烧钉痕。冷子兴脱口赞道："好色泽！真如'雨过天晴云破处'，真乃极品也！此物乃北宋汝窑天青釉葵花洗，这釉色如此温润古朴，皆系名贵玛瑙烧制方成。恭贺大人得此宝物啊！"

"你这么一说，我便放心了。"雨村笑道，"今后送人心里也托底。"又笑道，"差官去了这些时候方回，看来老兄是生意兴隆啊！"

"托大人福，还算凑合。"冷子兴忙躬身道，不料腹内一阵肠鸣，不由面上有些尴尬。雨村听见笑道："怎么？老兄忙得尚不曾用饭？"

"实不相瞒大人，今日却是一笔交易也无，空忙碌了。"冷子兴笑道，"不过倒是见识了好宝贝。"

"哦？"

"除了大人这件宝贝,还在忠顺老王爷那儿见着一件成窑五彩泥金的盖钟,更是稀世珍宝。"冷子兴有意炫耀自家能耐,故并不提及那茶钟是从他手里出去的,"想是老王爷也风闻了些在下的小本事,因此特遣人将在下请了去帮着鉴赏一番。"

"哦,冷兄这名声竟连忠顺王爷都知道了?可喜可贺呀。"雨村惊异道,"竟不曾想到忠顺王爷竟也喜爱这些东西。"

"啊呀!岂止是喜爱?是酷爱、痴爱呢!若是知道何处有这等好玩意儿,便是一刻也等不得的。"冷子兴笑道,"诸如瓶子、扇子之类的,皆是王爷心爱之物呢。"

"哦?"雨村听了若有所思道,"前阵子我手头倒是有二十把扇子,据说也皆是些稀世珍宝,只可惜都送人了。"

"啊呀!那是在下没眼福了。"冷子兴跌足道,说着又一阵肠鸣。雨村道:"只顾说话,竟忘了老兄尚且空腹呢,我这就叫人准备酒菜。"

"岂敢岂敢。"冷子兴忙起身连声道,"大人若没别的事,在下就先告辞了。家中还有事,不敢久留。"

"既是家中有事,我就不强留了。"雨村道。

冷子兴告辞出来,一径去了。这里雨村看着那笔洗,不由陷入沉思。如今朝堂之上当红者无非北静王与忠顺王,那北静王爷水溶向来高傲,独来独往,并不轻易与人搭话,更兼寡言少语,难以琢磨,而那忠顺王因与王子腾乃是宿敌,二人多年以来皆是面和心不和,自己是王子腾一力保举之人,因此那忠顺王也自然而然地便将自己视为政敌,自己一直以来也始终是站在王子腾一边的。但如今朝堂之上暗流涌动,局势微妙,自己也该早谋退路方为明智之举。如今既知这忠顺王爷的嗜好所在,何不暗中投其所好、未雨绸缪?如此想着,不由得想起了送与贾赦的那二十把扇子来,只是心中尚吃不准王爷爱这些玩意儿的心兴究竟如何。若只是泛泛而已,也就不必操心劳神大费周章了。心中又盘算了一气,决定先拿这汝窑天青釉葵花洗做个敲门砖、试金石一用。

第二天晚上,雨村拿了笔洗亲自送至忠顺王府上。忠顺王听说贾化来拜,诧异道:"他向来是王子腾一党,今日却如何来拜我?"长史官笑道:"想必是看见王党势衰,寻求靠山来了。"

"唔。"忠顺王点头笑道,"那咱们是见也不见呢?"

"如此势利小人,墙头草尔,王爷不见也罢。"长史官不屑道。

"见,要见!"忠顺王想了想道,"如今胜负尚未定局,岂可将来投靠之人拒之门外?何况这贾化亦非无用之人。"忠顺王起身道,"我去更衣,你且将他引至书房。"

长史官出去将雨村请进书房,坐下,看茶,不一会儿忠顺王进来笑道:"不知贾大人驾到,本王有失远迎了。"说着坐了下来。雨村忙起身行礼道:"下官早该来拜见王爷,只是一则公务繁忙,二则恐门高难入啊!"

"贾大人说笑了。"忠顺王笑道,"不知贾大人今日驾临,有何指教啊?"

"王爷言重了,折煞下官。"雨村笑道,"并无要事,不过是下官偶得一笔洗,下官却是对这些个风雅之物一窍也不通,听行家说还不错,心里不大托底,听闻王爷精通此道,故特拿来请王爷鉴赏,还请王爷休怪下官唐突。"说着捧起盒子,走至忠顺王身边,将盒子放到桌上,打开,立时现出那洗来。忠顺王瞄了一眼,不由得眼中一亮。长史官忙移过灯来好叫忠顺王细看,王爷看似漫不经心地侧身拿起那洗，转着看了一遍，招手让长史官将灯移近，细细地又看了一遍，点头道："汝窑天青釉葵花洗，不错，的确是件好东西。"说罢便随手放到桌上。

雨村听他一口报出名来，心中便有了底，若非真爱，他又不凭这个吃饭谋生，如何能一眼辨识得出？！"啊呀！那它的福气可就到了。"雨村拍了拍心口，作如释重负状，"也不用在我这样的睁眼瞎手上徒然荒废了。万望王爷收留了它，使它有个好归宿，能与其同类朝夕相处，能得其知音每日眷顾。在我那儿，真叫作明珠暗投了，无异于叫千里之驹骈死于槽枥之间啊。"

"嗯？此话怎讲？"忠顺王道。

"这天下万物，或人，或器，或牲畜，形虽有别，然其理大同，皆于这茫茫世间百折千回，寻觅知音，然后才好同气连理，休戚与共。"雨村侃侃道。

"贾大人果然是千古难得的人才啊！"忠顺王道，"所言极是。如此言论，本王受教了。"

"啊呀！王爷谬赞了，下官惶恐啊！"雨村作揖笑道，"唯望王爷给下官一个薄面，为这笔洗找个容身之所才好。"

"贾大人重托，本王岂敢不从啊？哈哈哈哈。"忠顺王笑道，"贾大人请坐下说话。"

"下官还听说王爷也是个古今扇面鉴赏大家，不知传闻可实啊？"雨村坐下道。

"去，叫人取几把我的扇子来。"忠顺王对长史官道，"请贾大人鉴赏。"

一时扇子呈上，雨村一一打开看过，见虽亦是珍品，但并无稀世之品，便笑道："下官是个粗鄙之人，日常只知案牍劳碌，并不懂这些风雅之事，只是偶尔听别人聊起几句，便听在耳中，什么湘妃、棕竹、麋鹿、玉竹的，上配着些古人的字画，不知可是好东西呢？"

"照你所说，自然是好东西，只是此等古扇皆系坊间传闻罢了，未必属实。"忠顺王淡淡道。

"倘若真有此物呢？"雨村道。

"那自然是稀世奇珍了。"忠顺王道。

"不瞒王爷说，下官便亲见了二十把这样的扇子。"

"二十把？"忠顺王惊道，"你却在何处得见？"

"下官不但见过，还将它们全都弄到了手里。"雨村微笑道。

忠顺王看着雨村不说话。

"可惜,下官那时竟不知王爷也有如此喜好,因此将他送与一个朋友了。"

"若是这样,即刻便寻了你这朋友,别管多少钱,叫他卖与我们王爷便是。"长史官道。

"可惜我这位朋友他不缺钱,他有的是钱。"

"哼!凭他怎样,难道还富得过我们王爷?"

"我这朋友姓贾,名赦,字恩侯,现袭一等将军之职。"

"既是送与他了,你却又为何与我提及?"忠顺王愠怒道。

"王爷勿恼,下官若只有这个笔洗,如何敢登王爷的门?"雨村微微一笑,"正因为已送与贾将军,才欲设法将其讨回奉与王爷驾前,方可见下官真心。"

"那贾赦既也心爱这些玩意儿,他家又不缺钱,你却如何还能讨要得出?"长史官疑道。

"大人且宽心。"雨村淡淡道,"下官既能将那些扇子送进去,自然便有办法再将它们取将出来。"

"好啊!"忠顺王起身道,"我便等着看你的手段了。看茶。"

"请王爷静候佳音。"雨村躬身行礼告辞。

第二十一回

起刀兵问罪王子腾
巧调包用计王夫人

那雨村回到家中,独坐书房,想了半宿,心中早已谋定,次日照旧上朝,面上也并不与忠顺王格外亲热,一切如常。

忽一日边关急报,说前方与外番在边贸处又起冲突,我朝损兵折将。圣上闻奏,龙颜震怒,即刻传旨调戍边将军陈子昂与九省都检点王子腾进京问罪。南安王、东安郡王、西宁郡王等人皆出班保奏,奈何圣意已决,钦差飞马出城而去。

一时散了朝,那五城兵马司裘良悄悄追上北静王爷水溶道:"王爷请留步。"待水溶停下脚步,裘良觑四近无人,上前行礼道:"下官人微言轻,王爷一向仁慈,且与荣府二公子宝玉素日交好,为何今日朝堂之上却对王都检之事一言未发?"

"我与宝玉交好,满朝皆知。"水溶微微一笑,"你却与他家何人交好?"

"回禀王爷,下官与他家二爷贾琏甚是谈得来,因此不忍见其家日衰。"

"你这样的朋友却也难得。只是此事尚无定论,如今正是圣上雷霆震怒之际,不宜多言。你既与他家琏二爷有旧,何不去他家报个信?也好早做准备。"水溶说罢头也不回便走了。

那裘良出了宫门,亲自策马往荣府而去,到了门口,叫人通报了。贾琏一边叫人快请,一边自己迎了出来。二人携手进了书房,屏退左右。裘良道:"二弟,你家舅爷出事了。"贾琏惊问何事,裘良将朝堂之事一一说了。贾琏听了,不禁目瞪口呆,半响方才缓过神来道:"多谢兄长前来报信啊!"说着欲起身行礼,裘良一把按住道:"你我兄弟,不必客气。先是史侯出了事,紧跟着贾娘娘又薨了,再就是府上舅老爷外调巡边,政老爷亦放了外任,如今圣旨已下,要调舅老爷回京问罪,兄弟可千万与家中父兄赶紧商议,早做准备啊!"

"是是是。"贾琏连声应承,"多谢兄长报信啊!"

"我亦不便久留。"裘良起身道,"告辞了。"

"兄长且请用了饭再走不迟。"

"你我兄弟来日方长,不拘今日这一顿。"

"是是是。如此,我送送兄长。"

"留步,还是我自己出去的好。"

"便依兄长所言。"贾琏将裘良送至大门,目送他离去。他站在原处想了一会儿,决定还是先进去回了贾赦再说。贾赦听了,立时便吓得面色苍白,手足无措,在屋里来回踱步,口中念念有词只反复一句话:"这便如何是好?这便如何是好?"贾琏见状,料他亦无高招,只得叫小厮赶紧去将贾珍请来。

不一时贾珍到了,听了这话也是大惊失色,思忖了一会儿道:"照理说,这会子咱们家该有人站在朝堂上说话才有力度,只是大老爷常年告假,几乎从未上过朝的,我亦告了丁忧,皆不能贸然上朝。二弟你虽捐了个五品同知,又何尝正经去点卯上过朝堂?咱们几个都不成。不如差人快马加鞭去扬州给二老爷报信,看他什么个章程。我再去找找雨村,细问问朝堂之事。"

"好好好,便按珍大爷说的办。快去快去!"贾赦连声道。

贾珍、贾琏告退出来，二人分头行事，贾珍自去寻贾雨村不说。贾琏想了想，此事还需与王夫人通个气才好。于是先不急着差人，进去见了王夫人。王夫人听了无异于五雷轰顶一般，半晌回过神来道："既是你同大老爷和珍大爷都商议好了，便按你们的主意办就是了。"想了想又道，"我如今早已是半截子入土的人了，早已无惧生死，只是放不下那个孽障。"贾琏知她说的是宝玉，"我想起这甄家老太太将孙子提前送至咱们家，如今我方才明白她这么做的良苦用心啊！"

"太太莫非也想事先将宝兄弟藏起来？"贾琏惊问。

"咱们家倒亦未必就到了那一步，"王夫人点点头，"不过也就图个心安罢了。何况舅老爷是进京问罪，又非进京治罪，圣上也总是要容他辩驳的。"

"那是自然。"贾琏道，"只是甄家将他们家的宝玉藏在咱们家，咱们却将宝玉往哪里去藏呢？"

"咱们可否将宝玉藏到南方老家去呢？倒是有几家陪房在那边各有执事，皆是老成持重的，便叫他去那儿暂避一时。等老爷回来了，看看形势再说，万事大吉自然是好的，只当叫他上南方去逛一圈罢了。"

"也好，这么着太太也可略宽些心。"贾琏想了想道,"不过倘或咱们这里出了事,那几家陪房又如何走得脱?不如太太索性选定一家,这就将他们全家脱了奴籍,这样面上他们便与咱们无关了,万一有事亦不致牵扯进来。宝兄弟去了便直接奔着他那儿去,岂不利索?且宝兄弟携了太太手书同他一家子的身契文书当面交付与他,他见了焉有不感激的?自然便会尽心竭力。"

"是是是,你说得是。"王夫人连连点头道,"到底是二爷虑得周全。"

"太太过奖了。"贾琏道,"只是如何跟老太太交代呢?"

王夫人想了想道:"不如将甄家的宝玉放到老太太跟前应卯,反正老太太如今也说不了两句话,一天也是睡着的时候多,醒了只要见着宝玉即可,其余人等只叫他不要同人说话即可。凡有人问话,便一概支吾敷衍便是,必不会有人识破。"

贾琏点点头,想想又摇头道:"旁人皆无妨,只一个人恐难骗过。"

王夫人想了想道:"是说你林妹妹吧?"

"正是!"贾琏点头道,"宝兄弟不同旁人说话犹可,若叫他不理林妹妹恐与情理不通。但只要他一开口，岂有不露馅儿的？"

"你说得是。"王夫人点点头，凝神想了一会儿道，"不如把你林妹妹也送走吧。"

"她一个女孩子，太太却叫她去何处？"贾琏疑道，"况当年姑父临终亲口将她托付于我，岂可有负重托？"

"我的儿，你是个好孩子，我岂能叫你行不义之事？！"王夫人笑道，"你先莫急，听我细说。那甄宝玉虽然长得同咱们宝玉一般无二，可毕竟骨子里实在是个外男，叫他到老太太跟前应卯，本就是不得已而为之，岂能再容他与你林妹妹相见？你那妹妹亦是个实心之人，这些年同宝玉打小在一处，若将那甄宝玉当成咱们家的宝玉，岂非要坏了你林妹妹的名节？"一席话说得贾琏连连点头，"如今咱们园子里也就只有你林妹妹一个未出阁的姑娘了，便是你珠大嫂子如今亦难得回来，余者皆是生儿育女之人了，危难之时也就顾不得了。至于那些丫头们，更顾不上了。因此我想不如暂将你林妹妹送到薛姨妈家去，同宝丫头做伴，你可放心？"

"啊呀！"贾琏拍手笑道，"到底还是太太思虑周全。林妹妹去姨妈家我可有什么不放心的？"

"这就好。你放心便好。"王夫人笑道,"况且姨太太那里除了宝丫头,还有邢大姑娘,她们如今皆一处住着呢。叫你林妹妹将她屋里的人都带着,用着也方便,一应用度,你也一并送过去,不使你林妹妹受半点委屈。对了,你可知你林妹妹是认过姨太太做娘的?"

"是吗?"贾琏笑道,"这我如何知晓?除非她们认真置办了酒席请了客,否则我如何知晓内宅日常的玩笑之语呀?"

"虽说是一句玩笑话,但是姨太太心里却是真心疼你林妹妹的。"

"既是这样,那便最好不过了。"贾琏笑道,"那便劳烦太太去和姨太太说此事了。还有,林妹妹处最好莫强求于她,她本来身子弱。"

"我的儿,这些我还用你关照么?"王夫人笑道,"我心里头难道便不疼你林妹妹不成?只是这多事之秋,亦是为她着想啊!倘或咱们家万一真受了牵连,你林妹妹不过是寄居于此,白遭了冲撞,如何对得起故去的姑太太同姑老爷呢?我自然亦不会勉强她,必叫她自己情愿才好。"

"太太虑的是,如此有劳太太了。"贾琏想了想点头道,"我这就去同甄宝玉说此事,想必他也是愿意的。他成天关在别院书房后头的小屋里,如同囚牢一般不得见人,也快憋死了。"

"此事自然亦必需那甄宝玉情愿才可。"王夫人道。

"太太说得是!兹事体大,必得相关几人皆甘心情愿方可。"

"既如此,不如我将宝玉和你林妹妹皆唤来,这两个孩子皆是个实心眼子的,若不当面说清,宝玉还好,只恐你林妹妹不能释怀。"王夫人道,"我先将利害说与他们,待你将甄宝玉请来,我却叫你林妹妹在屏风后看见他,此举实在违礼,只是不如此他二人必不肯信服。"贾琏闻言低头思忖了一会儿,叹息道:"事到如今也顾不得许多了。"于是贾琏自去寻甄宝玉。

王夫人这里使人将宝、黛二人唤至跟前,同他二人说了事情原委。那黛玉原本来的路上听见说王夫人单唤她同宝玉前来,一颗心"扑通扑通"跳了一路,本以为贾母久病缠绵,难道舅母有心以喜事相冲?又转念一想,若真有喜事,断无不等舅舅回来之理;如今一听竟是万万不曾想到之事,心中又羞又急,一时泪盈眼眶,一句话亦不好说出来,只得坐着低头垂泪。那宝玉同黛玉竟也是一般心思,此时见黛玉这般光景,更是情急,只是自己平日虽不理家务,但王夫人此刻所言,除了王子腾回京之事尚未定论,余者皆是不争之实,王夫人所虑亦皆是实情,因此亦无话可辩,愣了一会儿方才道:"据太太所言,那甄家宝玉已在咱们家藏匿多时,我如何竟一点也不知道?"

"你若日常还留心这样的事,如何整日里在你老子跟前挨骂受训的?"王夫人嗔道。

宝玉无语,想了想强笑道:"从前也曾听甄夫人说过他家宝玉与我十分相像,只是我想那不过是甄夫人为着要承悦太太而已。如今若真如太太所说,那甄宝玉岂止是与我相像,竟是与我生得一般无二了!世上竟有这样的事?倘若叫人认出来不是耍子,岂非坏了太太一番苦心?"

"我的儿,我知你必不信。"王夫人道,"当真是一般无二。他若不说话,便是我也辨不清。一会子你琏二哥哥就将他领来,你自己瞧了便知道我所言不虚。"又转脸对黛玉道,"姑娘待会便在屏风后头藏着,也帮着看看吧。"黛玉知道王夫人是叫自己死心之意,亦知此举不妥,但到底心中疑虑,便低着头一声不吭。

贾琏过去先回了贾赦，贾赦听了"哼"了一声道："也亏她竟能想出这样的主意，便依了她的。只是此事尚需那甄家哥儿情愿才行得了。"贾琏点头称"是"，自去找甄宝玉，同他一说，甄宝玉笑道："我如今待死之人，无论如何总强过这日日不见天日地熬着。只是一条，此举恐唐突了府上女眷啊！"

"这个无须世兄多虑，家中诸姊妹皆已出嫁，世兄日常所能见者不过是老太太、大太太、太太同拙荆而已，偶尔或可遇着寡嫂回来探亲，余者皆不过都是些丫鬟仆役罢了。"

"丫鬟们一样是清净女孩儿呀，我这样一个浊物混进去岂不玷污了姐妹们？"甄宝玉为难道。

"世兄若平日里亦是这般口气，便是大罗金仙也分辩不出了。"贾琏闻言不禁笑道，"这便随我去见太太吧，见了自然明白。"

贾琏取了一顶阔沿毡帽拿在手上，却并不叫甄宝玉戴上，故意使他路上遇着几个人，小试一下。二人往王夫人处而去，一路上遇着人，皆上前与他二人行礼。贾琏悄声笑道："如何？"

"瞒过他们不难，却只怕瞒不过至亲人等。"甄宝玉惴惴不安道,"你家老太太从小看着他长大的,岂能瞒住?"贾琏笑而不答,及至进了内院,方叫甄宝玉戴上毡帽。甄宝玉奇道:"却为何进了内院了反要戴上?"

"只怕是方才太太唤我们宝玉来时一路上有人瞧见,且他的小厮们必是守在屋外的,若不见他出来,如今却见你进去,岂有不起疑心的?"

甄宝玉点头称"是",接过毡帽戴了起来。贾琏又帮他将帽檐压得低低的,方才往里走。

那甄宝玉进了王夫人内室,贾宝玉见二人进来,忙起身预备行礼,待甄宝玉将毡帽取下,四目相对,二人竟全都呆住了。屏风后的黛玉也已瞧见,顿时亦呆在那里,动弹不得。

好半天,贾琏笑道:"如何?是否如同照了镜子一般?"

二人闻言,这才都喘了口长气,也不行礼,皆上前一步,握住对方的手,异口同声道:"原来是你!"说毕一齐撒了手,退后一步,上下打量对方,又异口同声道:"我原见过你的。"二人言罢重又握至一处,相互摇着手,皆笑了起来,一时竟是寻不出话来说。

好半天,贾宝玉方微微一笑道:"你来了,我走便放心了。"

"你只管放心去好了。"甄宝玉亦微笑道。

王夫人和贾琏一旁听了本想问他二人在何处见过,想了想皆未问出齿,心中皆暗暗叹息:真是造化弄人,上天弄出这样两个人来,竟连话里透着的那分呆气亦是同声同息!

第二十二回

知原委贾母驾鹤游
怜孤女太妃忆前尘

次日,王夫人只说出城至铁槛寺礼佛,一行人轿马车乘,仆役众人簇拥着在铁槛寺沸腾了大半日,傍晚方归。

车内坐着的已然是甄宝玉了。

贾琏私下里早安排了宝玉的奶母李嬷嬷之子李贵与自己的贴身小厮昭儿一起,赶了一驾马车趁乱走了,并不敢带太多人,一则恐太过招摇,再则也怕走漏了消息。李贵待诸事妥帖了,便差昭儿回来向贾琏复命,自己留下来贴身照料,让有事便叫昭儿传递消息。贾琏进去一一禀明了王夫人,王夫人点头道:"如此极妥。"

且说王夫人到家次日一早便使人请了薛姨妈来,屏退左右后,将王子腾即将来京问罪之事同她说了,薛姨妈亦惊得魂飞魄散。王夫人又将此后调包之事一一说与薛姨妈，直听得薛姨妈瞠目结舌，最后才同她说了欲将林黛玉寄居于她家之事。薛姨妈连连点头应允。姊妹二人又说了许多体己话，末了薛姨妈道："我来这半日了，需进去拜一拜老太太才是。顺便也瞧瞧你说的那甄家宝玉，到底能像到何等地步？你竟敢将他放到老太太跟前去。"王夫人笑道："我如今且不同你犟，一见便知。"

二人说笑着起身打算往贾母处去，玉钏儿进来回说袭人来了，王夫人便叫进来。袭人进屋便跪倒在地，哭道："求太太恕罪。"王夫人奇道："好孩子，快起来说话。"袭人伏在地上哭道："实在是罪该万死！"王夫人道："你且起来说话，到底出了何事？"袭人抬起头，满脸惊恐之色，哽咽道："太太，宝玉丢了。"

"什么？"王夫人闻言大惊，"你说什么？"

"本不敢来惊扰太太，只是昨日我因身上不大好，便没跟着去礼佛，宝玉回来便谁也不理，独自一人坐着发呆，我亦没太上心，只当是昨日出门遇着什么不大乐意的事，睡一觉也便好了。"袭人哭道，"直至早上催他换衣裳去给老太太问安，才发现那块宝玉没了。问了秋纹她们，皆说没看见，又叫了茗烟几个来问，皆回说不知。我因担心万一落在外头路上了，便叫茗烟他们几个赶紧去寻,他几个寻了一路亦不得,才回来说了。我想或是她们几个做事不稳妥,又害怕耽搁的时辰久了再叫旁人捡了去,因此才不得不来禀告太太。可否请琏二爷多派人手,赶紧寻去?"

"哦!"王夫人与薛姨妈对视了一眼,缓缓道,"此事万不可大张旗鼓,吵得尽人皆知,反而坏事。还是叫茗烟她们几个悄悄地再去细细查找。你们几个在园子里也再仔细各处找找,或许昨儿早上出门没戴,忘在屋里亦未可知。昨日早起是谁打发他出门的?"

"是秋纹和碧痕两个。都问过了,皆说是戴了。"袭人道,"昨儿早上我头有些沉,因传了太医,故躺着不曾起来。"袭人说着又哭了起来:"都怨我,只这一次偷懒便出了这么大事。还请太太责罚。"

"你先莫急。"王夫人道,"再回去仔细找找,即便是寻不着亦切莫声张,老太太如今正在病中,倘或听见消息岂不更急?她老人家若再因为这个有个什么三长两短的,那才真是罪过了!"

"太太说得是。"唬得袭人连声答应,"我这就回去叫他们悄悄地寻去。"

看着袭人出去了,薛姨妈笑道:"袭人这丫头倒真是心细。"王夫人叹了口气道:"唉!没办法,只好叫她从今往后日日愁苦了!"姐妹二人说罢便往贾母处去,早有丫鬟看见了进去通报。二人进了门,李纨早已迎上前行礼,丫鬟们也都纷纷行礼。王夫人对从贾母榻前起身的甄宝玉招手道:"宝玉,姨妈来了。"甄宝玉上前行礼。薛姨妈眼不错睛地上下打量甄宝玉,张了嘴,瞪了眼,一句话也说不出。王夫人见状赶紧悄悄扯了扯薛姨妈的衣袖,薛姨妈这才回过神来,随口敷衍道:"好好,你们可还都好?"说着走近贾母榻前,"老太太可好些了?我这一向家中杂事不断,也没过来请安,老太太恕罪啊!"

"好,好。"贾母嘴里含混应道,"姨——太太,好?"

"老太太这是比从前大好了呀!"薛姨妈喜道,"如今说话也清楚了,好好养着,且勿心焦。这病来如山倒,病去如抽丝,急切不得。"

贾母点头。

鸳鸯笑道:"亏得太太来了,老太太早就打发我去请太太了,急得什么似的。我同她说了今日姨太太来了,正同太太说话呢,想必一会子都要来的,这才罢休。"

"老太太有何吩咐？"王夫人上前道。贾母却闭了眼，看似累了，薛姨妈便起身告辞。王夫人轻声问李纨："凤丫头怎么没在？"

"听说身上又不大好了，躺着歇着呢。"李纨道，"一早上便差了平儿过来请过安了，平儿原要留在这儿伺候的，是我叫她回去的，这里一堆人也用不着她，叫她回去好好看着凤丫头去了。"

王夫人点点头道："你今日怎么回来了？亲家母身体如何了？可好些了？我这一向事实在太多，你回去替我同她打个招呼，说我过几日便去看她。"

"多谢太太挂念。我母亲这几日好多了，家里这些事，太太快不必过去了，我自然替太太将话带到便是。如今凤丫头又躺下了，家中更离不开太太了。我正想着这几日我便留在家中帮着伺候老太太呢。"

"老太太这里倒是不短伺候的人。亲家母年纪大了，七病八痛的，也离不得人。如今兰哥儿在你娘家读书，平日里少不得也是要给亲家母添麻烦的，你便一心一意地将哥儿看好吧，趁便也能在自家父母跟前多尽尽孝心，一会子吃了饭便回去吧。"王夫人道，"你们先守着，我送送姨太太去。"

"姨太太不吃了饭去？"李纨道。

"我今日家中还有事，改日再来叨扰。"薛姨妈笑道。说罢，同王夫人一起出了屋。没走几步，鸳鸯从后头追了上来："太太，太太，老太太请太太送了姨太太再回来一趟呢。"薛姨妈道："既是这样，你也不必送我，我又不是不认得路。你快回去看看老太太有何事。"又低声道，"我回去便收拾屋子。你放心好了。"王夫人用力握了握薛姨妈的手，点点头，转脸对玉钏儿道："好生送姨太太出去。"王夫人看着薛姨妈走远了，这才跟着鸳鸯又回到贾母处。甄宝玉见王夫人又回来，便又复上前行礼。贾母倚在榻上盯着甄宝玉看着，王夫人上前道："老太太可有什么吩咐？"

"出去，都——出去。"贾母道。

王夫人便叫众人都退下，贾母见甄宝玉也要随众出去，急道："宝——宝。"王夫人忙回头道："宝玉你留下。"屋内只剩了贾母、王夫人和甄宝玉，贾母望着甄宝玉道："谁？他，谁？"王夫人和甄宝玉闻言皆大惊。王夫人转脸又看了一眼屋内，并无第四人，这才跪到贾母榻前。甄宝玉见王夫人跪下，也赶紧跟着跪了下来。

"老太太果然明察秋毫，此事且听儿媳细细地同您说。"王夫人凑近贾母，轻声道。贾母斜了王夫人一眼，眯起眼睛，王夫人一五一十地从甄家老太太派心腹送孙子来说起，桩桩件件全盘托出。贾母越听眼睛瞪得越大，本来她只知道史家的事，岂知自己躺下这些日子竟又出了这许多事，不由得紧盯着甄宝玉道："我——我——料——是他，只——不敢——信，我——我的——宝——宝——宝玉呢？"

"老太太且放宽心，咱们的宝玉昨儿琏儿已派了李嬷嬷的儿子李贵与从前随琏儿去过南方的贴身小厮昭儿一起送回老家去暂避风头了。媳妇因怕甄家哥儿是个外男，进来坏了礼节，如今内宅也只林姑娘一个待字闺中的女孩儿了，所以叫她这几日都不必来请老太太安，但终非长久之计，时日久了，恐众人生疑，因此打算将她送到姨太太家中暂避，只说是姨太太身上欠安。她因想着从前曾认过姨太太做娘，且姨太太亦曾在潇湘馆内照看过她，所以住过去一阵子尽尽心意，才姨太太过来便是为着此事。不承想珠儿媳妇今日回来看老太太。"王夫人道，"因老太太尚在病中，怕这些子杂事惊着老太太，所以便没来回。只是此事是同琏儿商议的，大老爷亦知。目下，大太太同凤丫头知与不知我却不知了，我亦修书一封差人送往老爷任上去了。老太太且安心养病为要。"

"你——你——你……"贾母指着王夫人挣得满脸通红，一口痰涌了上来，想咳却咳不出来，只伸着脖子粗着筋，拼命伸头，吓得王夫人慌忙叫道："来人，快来人！"鸳鸯、李纨等人皆在外头候着，闻声忙不迭进来。众人上前，捶背的捶背，揉胸的揉胸。王夫人道："快，快请太医来，快叫琏二爷进来。"众人一阵忙乱，不一时贾赦、贾珍、贾琏等人皆来了，又一时王太医也赶到了，诊完脉便跪下磕首道："老太太这是瓜熟蒂落了！"众人闻言顿时跪倒一片，哀声震天。

凤姐挣扎着想要起来理事，却仍是下红不止，一站起来便头晕目眩，只得复又躺倒，诸事皆由平儿代劳。王夫人只得请了尤氏过来主持，李纨、平儿、鸳鸯相帮，好在贾母自己早有安排，鸳鸯将所需资费当着众人的面一一清点交与贾琏与尤氏。贾琏一面派人进宫报丧，一面派人快马加鞭赶往扬州贾政任上报信。尤氏本理过一回贾敬之丧，这一回驾轻就熟，倒也不惧。更兼贾珍、贾琏等人都在家，心中便越加有谱。因贾母之丧，黛玉便一时不急于去薛家了，留于灵前。

各路王侯公卿无不来拜，圣上亦特遣使来宣旨抚慰。贾政亦接信赶回，同贾赦、贾珍等人皆报了丁忧。

如今单说这北静太妃，与贾母乃是闺中密友，几十年的交情，因此叫北静王与王妃陪了，亲自来祭拜以表诚心，回到王府犹自叹息不已，愁闷无比，也无心饭食。那北静王水溶亦是在太妃膝下长成，如今父母早亡，府中只太妃一个长辈，太妃这样怎不将水溶夫妇急得如同热锅上的蚂蚁？只道她是见了史太夫人去世，物伤其类，因此心中难过，于是百般劝慰，不料太妃却道："人世轮回，谁能免死？我岂是因为惧死才如此难过？"

"那祖母却是为了何事？"北静王奇道。

"唉！"太妃叹息道，"我只因今日于灵前见了史太夫人的外孙女儿，那姑娘那等悲痛欲绝，实在叫人心碎啊！"

"太妃说得是。"北静王妃闻言亦点头道，"那林姑娘真叫可怜，小小年纪，双亲早逝，实指望于太夫人膝下能得个荫蔽，如今太夫人却又驾鹤西去！唉！我们今儿去可巧遇着她竟哭晕了，生得那样瘦弱。我瞧着，说句难听的，都真怕她跟了太夫人去了。"

"是吗？"北静王在外头与男宾一处，自然不知内宅事宜，倒是觉着宝玉今日怪怪的，同谁也不说话，想必亦是因为自幼便在太夫人膝下承欢，如今一朝失却，悲伤过度，所以失了礼数，自然是情有可原，如今听了王妃之语，不禁感慨道，"女眷中竟也有如此至孝之人？"

"你们哪里知道？恐这世上也只有我方能明白那林姑娘之心了。"太妃道，"我从小同她是一模一样的，父母双亡，投奔了外祖母家，好在我外祖母是看着我上了花轿嫁了人才去世，不然岂不便如今日之林姑娘一般，没了着落？所以这林姑娘一则在外祖母膝下长大，自是感情深厚，再则必是哭自己此身从此无依无靠了。"太妃叹了口气，"所以啊，我今儿瞧见她那样，便想起自身来了。"

"她如何能同太妃比啊？太妃乃是大富大贵的金玉之命，所历坎坷，权当积福罢了。"王妃笑道，"那林姑娘看着便不是个福泽深厚之人，实在太过羸弱了，不过却真正是一副好模样呢！"

"是啊，正是因为她生得那样，才叫人越发心疼呢！"太妃摇头道,"听说还写得一手好诗词,真是叫人怜惜!她那探花郎的爹教了她这些才学在肚子里,若知道她如今这般模样,岂不痛煞?"

"我倒是也见过她的几篇诗文,的确是个才女。既然祖母这样喜欢她,日后便时常邀她过来闲话解闷便是,又何必废了自家饮食呢?"北静王笑道,"倒叫孙儿同媳妇担忧。"

"就是啊,等她家忙过这一阵子,我便送帖子过去,请她过来陪太妃说话。"北静王妃笑道,"还请太妃赶紧用膳才是。若是为这事愁坏了身子可不值当。"

太妃这才高兴起来。王妃吩咐人传膳不表。

且说贾政回到家中,王夫人细细地将家中之事一一禀明。贾政听了点头道:"不经一事,不明一理。老太太在日,各种溺爱,有百害而无一利,如今正好叫他在南方历练历练,也好知道知道生计之艰辛、祖宗之不易。况南方不是还有好几家陪房在吗?又有李贵守着,不必心疼他,亦不必急着召他回来,且由他去。"有心想告诉王夫人南方官府正画影图形缉捕甄宝玉,此时不该叫他往南去,又一想此时再将他召回万一路上再有个闪失,莫若潜藏不动来得安全,因此闭口不提此事,免得徒增王夫人烦恼。又提及黛玉，贾政道："太太虑得是。那宝玉在家哪日里不往潇湘馆跑几趟的，这突然一步也不踏入了，林姑娘知道内情自然无碍，只是旁人瞧着也不信！等年后出了正月老太太的灵柩送回南方祖坟去，便让林姑娘去薛姨妈家暂住吧。"王夫人皆点头答应了。

那黛玉以为贾政回来必不舍自己搬去薛家寄居，又想自己若不去天长日久了，紫鹃头一个便要生疑，若去，自己去薛家寄居又算怎么回事？一头想一头悲，免不了又是泪湿鲛绡。及至听说贾政亦赞成自己去薛家暂住，更是哭了一夜。次日早起头晕目眩，只得复又躺下，索性躺在床上养病，谁也不见。紫鹃疑道："打从姑娘病倒，宝玉竟脚都不曾伸过来一遭。我今儿去怡红院转了一圈，竟是没见着他的面。袭人等人亦皆愁苦不堪，说他自老太太去世以来，换了个人似的，谁也不理，只将自己关在房里看书。她们几个先还怕他又犯了呆病，可是说话却又明白得狠，都猜这是突然开窍了，知道用功了。几个人又喜又悲，回了老爷和太太，皆说这是好事，叫她们不许多嘴，更不许打扰他用功。姑娘你说奇也不奇？"紫鹃想了想，又悄声道："我还听了些风言风语,却不知真不真?说是他那命根子丢了。"

黛玉听了也不接茬,转身脸朝里躺了,紫鹃只得走开。转眼便至送老太太灵柩南归之日,黛玉免不了又痛哭一场。当晚王夫人亲自过来说了明日送她去薛家,黛玉也不说话,只低头垂泪,王夫人宽慰了几句便走了。

王夫人走后,黛玉便叫紫鹃收拾东西。紫鹃问:"姑娘咱们过去大约住多久啊?我好知道该收拾哪些东西。"

"唉!"黛玉长长地叹了口气,"拣要紧的带吧。多带几本书。"看紫鹃和雪雁忙着收拾,便也走过去看了看,看见书桌边上的小匣子里一堆旧日杂物,有和宝玉怄气时绞坏了的荷包,有宝玉送自己的帕子,有薛蟠从苏州带回的各色小玩意儿,见那里头压着一串珠子,伸手提了出来,乃是当日二进荣府之初宝玉所赠鹡鸰香念珠,当日黛玉掷而不取,后来紫鹃捡了起来随手撂在这一堆杂物中。此时睹物思人,黛玉叹了口气道:"这个也带上吧。"紫鹃接了,随手拿起宝玉送的那帕子将念珠包了,依旧放在匣子里头,一并拿走收好。

次日一早,有小丫鬟来禀报外头琏二爷已备好车马,黛玉便过去向贾政和王夫人辞行。贾政再三道:不过是权宜之计，待风声过后即刻便差人接回。黛玉一一答应了，又去向贾赦、邢夫人辞行。贾赦亦是知道个中原由的，因此也说了几句叫黛玉安心等候，不日必将接回之语，黛玉亦点头应承。彼时王夫人对李纨等人只说薛姨妈身上不快，心内甚是牵挂黛玉，接她过去住些日子。李纨等人闻言，心中皆暗自诧异，但皆未多言。

贾琏早安排了轿车等候在外头，亲自送了黛玉前往薛家。宝玉称病在床，并未相送。众人愈加纳闷，只不敢多言。

到了薛家，薛姨妈、宝钗、岫烟皆等候多时了，见了黛玉皆拥上来问候说笑。贾琏又亲看着将黛玉下处安置妥当，薛姨妈留了贾琏用饭，又将薛蟠、薛蚪兄弟二人唤来相陪，一家人热热闹闹、亲亲热热地吃了饭。尤其是薛蟠听说黛玉来家寄居，高兴得无可不可，这一顿饭吃得是对贾琏无比殷勤，说话亦不敢高声，唯恐惊了里屋的黛玉。薛姨妈见了倒是意外之喜，越发对黛玉亲厚了。那黛玉原本是满心悲凉来到薛家，不料他一家人竟是如此情热似火，自己反倒不好意思自嗟自怨了，心境反比先前在大观园里开朗了许多。

贾琏在薛家吃了晚饭回到家中，凤姐和平儿都还没睡呢,正在凤姐屋内说着话,见贾琏进来,凤姐便叫小丫头们全都退下,悄声问贾琏道:"我这一向躺着,外头究竟出了什么事?我听说你今日竟将林妹妹送到姨太太家去了,为什么呀?"

"不为什么。你安心养病是真,操这些不相干的心做什么?"

"你也不必瞒我,老太太灵前我瞅着宝玉也不大对劲,不如往日那般灵透。我原想许是老太太没了伤心所致,后来又听说是他那块玉丢了。才平儿同我说今日林妹妹走他竟没去送,这就蹊跷了:凭是没了十八个老太太,丢了多少块玉,也是断不能叫他撇下一个林妹妹不问讯的。"凤姐看住贾琏道,"你快同我说实话,不然要憋死我了。"

贾琏想了想,此事料亦难瞒得住凤姐,便坐到炕沿上。平儿赶紧递了个长靠枕过来,贾琏歪在枕上又想了想才道:"也罢,此事原本只我同大老爷、老爷、太太,再就是他们三个知道,便是李贵与昭儿两人亦并不知确切。"于是一五一十从头至尾说了一遍,听得凤姐和平儿张嘴瞪眼,作声不得。

凤姐愣了好半天,方缓过神来:"难为太太竟想出这样的法子来！"出了会子神，忽又想起一事来，"对了，鸳鸯的事你知道了吗？"

"鸳鸯怎么了？"

"老太太的灵柩送回南方，我原以为鸳鸯能跟着去守灵的，不曾想她竟没去，反留下了。"凤姐道，"我心里还纳闷她留下倒不怕大老爷再算计她？今儿平儿去问了她，才知她心里另有打算。平儿你同二爷说吧。"

"哦，因奶奶为鸳鸯担着心，怕她没走又没出家当姑子去，别再是打算抹脖子、上吊什么的，所以我今儿便去问了她心里究竟有什么打算。"平儿道，"她听我说担心她寻死，竟笑道：'我若想死，何必等到今日？不如同瑞珠一般或于老太太死时，或出灵时，一头撞死便是。'我便问她为何不索性扶了老太太的灵回南方去，这样大老爷也就鞭长莫及了，她又冷笑道：'我家里那几个脓包，你又不是不知道的，谁能护得了我周全？再远也是贾家的产业，哪里够不着？'我便又问她，留下岂不怕大老爷同她算旧账。她便笑我傻。说：'大老爷屋里千娇百媚的女孩儿多的是，他哪里便看中我了？不过是为着我手里几把老太太箱子上的钥匙罢了！如今老太太所有的东西全都过了明路，该他的他也早已拿走，还寻我做什么？若还寻，不过是咽不下先头那口气罢了。我如今只求到太太屋里随便当个粗使丫头，太太若不应，我再死不迟；太太若应了，我却不信他能到兄弟媳妇屋里抢人去？！'我听了她的话真是心悦诚服，当真我们先前替她担心才真都是傻子呢。"

贾琏听了点头道："不料她竟是这样一个明白人。倒也难得！那太太允了她没？"

"咱们太太那是尊活菩萨，听她哭诉成那样，岂有不应的？"平儿笑道，"正好太太屋里正缺人呢。金钏儿没了也再没添人，如今彩霞、彩云又都放了出去，像样点儿的只有玉钏儿一人了。因说二奶奶身上一直不大好，小红又出去了，眼面前除了我，稍像样点的竟一个也没有，只一个丰儿看着还像个人样，到底还小，顶不得正用，因此将珍珠给了咱们，说多个人好跑腿使唤，还打发了琥珀去服侍林姑娘，说林姑娘在薛家住着，人多点用着方便，况琥珀之前也曾在潇湘馆伺候过林姑娘一阵子，如今她倒也情愿过去。余者皆交给林之孝家的叫她看着或另行分派或打发了。"

贾琏听了点头道："如此甚好。"

第二十三回

薛姨妈庆生林黛玉
贾雨村邀好忠顺王

黛玉到薛家没几天便恰逢生辰，薛姨妈和宝钗早早便开始谋划。二月十二一早，薛蟠头一个捧了个匣子过来给黛玉拜寿，隔帘捏着嗓子柔声道："知道妹妹有弱症，寻了许久才配齐了这药丸，放了也有些日子了，只是一直不曾得着好时机献与妹妹，今日便权做寿礼吧。"宝钗里头听了"噗嗤"笑道："我长这么大，可是从未听见哥哥这般谨慎说话做事呢！"黛玉在内答道："多谢薛大哥了。"又叫紫鹃出来接了捧了进去，宝钗见了笑道："你可切莫小看了这药去，这药名叫天王补心丹，皆是些奇珍之物配成，有什么头胎紫河车，人形带叶参，龟大的何首乌，千年的松根茯苓胆，诸如此类我也记不全了。只知他为这药可当真是忙了好一阵子，后来因不见他再提起了，以为撂开了，竟不知他真就配成了，更不知他竟是为你所配。"

"这样说来，我竟不敢要了。"黛玉笑道，"这药也太过珍贵了，哪里是人吃得的？竟是天上的神仙妃子也未必享用得了呢。"

薛蟠在外听了，急道："怎么吃不得？便是天上的神仙妃子吃不得，妹妹也是吃得的。除了你，还有谁吃得这药？"

"我哥哥是个实心人，经不起打趣的。"宝钗笑道。

"我说的亦是实心话，何尝打趣？"黛玉道，"这样贵重的药，哪里是治病的？吃了岂不折寿？"

薛蟠在外听了这话顿时焦躁起来，却依旧不敢造次，忍着气，憋红了脸道："这药本是为妹妹所配，妹妹若不要，我便拿了喂狗去。"

"都是自家兄妹，你也不必太过拘泥。"宝钗道，"他配都配来了，银子该花也早花了，这会子又何必拂他这片心呢？况也都是好东西，想必是吃不死人的。"

薛蟠外头听见又急了，嘟囔道："若吃死人，且叫我先死好了。"恰好薛姨妈过来听见，不快道："这一大早上的，又是你林妹妹的好日子，你且胡呲什么呢？死啊活啊的！"

"妈妈快休错怪了哥哥,是我不好,乱说话在先的。"宝钗听见揭了帘子出来道。黛玉里头也笑道:"此事皆因我而起,姨妈莫错怪了薛大哥。"

"你两个没叫他冲撞了便好。"薛姨妈转脸对薛蟠道,"你还不快走?前头你姨爹、姨娘打发人送你林妹妹的寿礼来了,你去照应照应,回头你琏二哥并宝玉想必是要过来的,薛蚍一个人怕是顾不过来。"薛蟠答应着赶紧去了。

小丫头挑了帘子,薛姨妈进屋,黛玉忙迎上前扶薛姨妈坐到炕上道:"多谢姨妈了!我住在这里本就已是叨扰了,还累姨妈再操这等闲心,我打从记事起从未有人为这点子小事替我如此操心劳神的,便是我亲娘亦不过如此了。"说着红了眼圈。

薛姨妈上了炕,拉着黛玉也一起上炕坐下,宝钗跟进来也自上炕坐下。薛姨妈握住黛玉的手,摩挲道:"好孩子,快别说这样的话。从前老太太在时,我并不敢多疼你,只怕人说我伏上水。如今老太太没了,那起子人可是无话可说了,况且这又是在咱们自己家里头,更没得顾忌了。只是如今尚在老太太孝中,我亦不便替你大张旗鼓,好孩子,你便委屈些吧。"几句话说得黛玉滴下泪来："多亏姨妈和宝姐姐关爱，方使我这浮萍之躯在这世间能有一席之地。"薛姨妈见她落泪，忍不住也陪着落下泪来。

"瞧你们娘儿俩，大好的日子，竟相对着抹起泪来。"宝钗笑道。

薛姨妈闻言笑道："是是是，你姐姐说得是。"

"林妹妹，你也算是咱们家的有功之臣了。"薛宝钗笑道。

"我有什么功？每日里除了白吃白喝，"黛玉笑道，"再么就是睡觉耍懒，哪里来的功劳？"

"自打你来了，我哥哥是每日都来给妈妈晨昏省定，一日不差，说话也是轻声慢语，居然还到铺子里头转了两趟。"宝钗笑道，"妈妈自己说，你何曾见过他这样？"

"啊呀，你说得还真是！"薛姨妈拍手笑道，"你不说我还没太在意，你这一说还真是提醒了我，可不是吗？难怪我近日老觉着哪里不对劲，原来是舒心的日子这一时竟还不曾习惯呢！"

正说笑着，邢岫烟进来笑道："我还跑去给婶娘请安呢，小丫头说在这儿呢，我便先去厅上和厨下皆看了看，因此来晚了。"说着忙给薛姨妈行礼问安，又同宝钗见了礼，这才给黛玉拜寿，黛玉忙在炕上还了礼。薛姨妈下炕道："我们也该准备准备了，一会子恐有人来。"话音未落，便有小丫头跑来报："宁府珍大奶奶同荣府珠大奶奶、琏二奶奶都差人送了礼来。"薛姨妈等人忙迎了出去。

一时，贾琏、宝玉也来了，薛蟠、薛虮赶紧迎上前行礼。其实贾琏此来不过是为着陪甄宝玉罢了，这样的小生日平常不过是内宅女眷们相互拜拜也就罢了，只因这宝玉同黛玉这些年来关系非同寻常，若不来恐众人生疑，因此贾琏陪着一道走一趟掩人耳目。只是薛家兄弟并不知情，自然盛情款待。薛蟠还为着贾琏前来，特发了帖子请贾珍同来一聚，贾珍因连日身上不快，未至。

贾琏同甄宝玉进去给薛姨妈请了安，又隔着帘子向宝钗、岫烟问了好，又给黛玉祝了寿。薛姨妈早将实情告知宝钗，因此宝钗只作不知，隔帘做答。那邢岫烟从小到大皆寄人篱下，最是个有眼色之人，见宝玉举止与从前迥异，心中虽存疑虑但岂肯多话？！故此也只在帘内答礼。黛玉隔着帘子，听着外头甄宝玉给自己祝寿，心内百感交集、五味杂陈，不觉身上发热，面上作烧。

宝钗见了，忙悄悄扯了扯她衣袖，黛玉方回过神来，在帘内答谢了。紫鹃见了暗自生疑，却也不敢多话。

薛蟠与薛蚪陪着贾琏、宝玉在外头吃了寿面，他二人便起身告辞。薛家兄弟苦留不住，只得送出门去。

贾琏同甄宝玉骑马回至府门前，便命茗烟等人陪了他进去，自己自去寻贾珍说话。贾珍见他来了，起身道："你若不来，晚上我也要寻你去呢。"贾琏行了礼笑道："大哥是有什么好事不成？不然却寻我怎地？"

"唉！"贾珍让贾琏坐了，叹了口气道，"好事没有，歹事却有一桩。"

"何事？"

贾珍屏退左右道："我那日去寻了雨村，问他朝中之事，又托他朝堂之上酌情周旋。他今日却来同我说了一件事，说是他为着替大老爷谋几把扇子，诬陷了一个绰号'石呆子'的穷小子。你可知此事？"

"怎么不知？"贾琏咬牙切齿道，"上回我为着什么挨的打？"

"竟是为了这个？"贾珍惊道，"如今那石呆子不服，竟将雨村告了。"

"他还怕人告？"贾琏冷笑道，"他岂是被人一告便束手无策之辈？"

"他说他原是不怕的，只是这石呆子竟机缘巧合拦了忠顺王爷的轿子，将状纸递与了忠顺王。这忠顺王爷倒并非是理案的官员，但向来同舅老爷不睦，同咱们亦是面和心不和。他是舅老爷举荐之人，只怕忠顺王爷借题发挥，因他牵扯到咱们，因此特来寻我，叫我去劝劝大老爷能否忍痛割爱，切不可因小失大。将那几把扇子暂还了那穷小子，等这一阵子风头过去，舅老爷的事情尘埃落定了，他自有办法帮大老爷将扇子再弄回来。我所以想先问问你，看你是否知晓此事，顺便也帮着想想如何去同大老爷说此事，或者你我同去。我说，你旁边帮衬几句。"

"要去你去，我是不敢沾边，为这事我已挨了一顿打了，难道是属耗子的？撂下爪子便忘了不成？"贾琏道，"你便去说，他肯与不肯的，至多是同你甩个脸子，横竖你又不是他儿子，他总不能打你一顿。"想想又道，"我只怕那贾雨村的话未必就真，没准便是他看着咱们势衰，想要讨好那忠顺王，又不舍得自己掏本钱结交，故意编出这一堆鬼话来。"

"咱俩当真想到一处去了。"贾珍冷笑道，"才他同我一说,我心里也便是这个念头。只是如今情势,便是明知他说鬼话又能如何?如他所说,待舅老爷之事尘埃落定,倘或咱们避开了这一劫,再慢慢收拾他不迟。如今且不要逆水行舟,徒生事端。"

贾琏听了低头想了想道:"既如此,我便同你一道去劝劝看。"

"如此甚好。"贾珍笑道。

二人便一同至贾赦处,一唱一和地将意思说了。贾赦气得哼哼了半天,到底还是冷静下来,取出那二十把扇子,心中只是不舍,又一一打开又看了一遍,方才一并推与贾珍,拂袖进里屋去了。贾珍拿了扇子,叫人去唤贾雨村前来,贾琏不愿见他便提前避开了。等贾雨村来了,贾珍当面一一清点了交与他。那雨村交还了当日所缴官银数目,双方各自写了收据。雨村又一再表示日后必定设法讨回,贾珍笑道:"不过是玩意儿罢了,何必反复折腾?既是已送与忠顺王爷,岂有再取回之理?"

雨村没想到贾珍说得如此直白,一时尴尬,禁不住红了脸,口吃了一下道:"这——这,世兄说哪里话?白丁尚知吃水不忘挖井人,雨村岂是那等小人?实在是非常时期，不得不行非常之事，日后世兄自明。"贾珍冷冷一笑，假意留饭。雨村婉辞，拿了扇子告辞去了。

忠顺王爷得了扇子十分喜爱，只是待雨村走后长史官道："这贾化能有今日，全赖王子腾同贾政一力保举，如今眼见他家势弱便风头立转，竟不知他使了何等下作手段又叫贾赦将吃到嘴里的肉吐了出来，此等小人，王爷还须防着些才好。"

"哼！"忠顺王冷笑一声，"他们窝里反，与咱们何干？咱们只需坐收渔翁之利即可。"

"王爷高见！"长史官略一沉吟，"王爷，如今王子腾不日抵京，下官已将王爷的意思一一转告三司，但众人皆怕打虎不成，反被其伤。这贾化如此行事，纵然是千思万虑，亦必有一失之处。咱们不如就从他入手，只要寻着他的漏洞，何愁攻不破王子腾？"

"你有什么主张？"

"王爷，下官想不如就从他送来这二十把扇子着手，此物必不是好来路，否则贾赦怎肯轻易撒手？咱们若能寻着原主，便能唱一出大戏。"

"嗯！"忠顺王点点头，"只是那贾化岂会留下活口？"

"咱们且寻寻看,寻着呢,便拿在手上以防万一,若寻不着,便按下不提,又有何妨?"

"嗯!你去办吧。"

…………

说话间王子腾亦解送至京,一路上早已打好腹稿,只待面圣之时奏答,谁知圣上并不召见,只命交有司审讯。一时间,朝野上下议论纷纷。

北静王回府亦不免偶有提及,太妃听了倒是又想起林黛玉来。王妃便命人递了帖子给王夫人,说太妃对黛玉甚是喜爱,请王夫人携黛玉前来做客。王夫人接了帖子又惊又疑又是喜:惊的是北静太妃为何突然相邀?疑的是为何单邀自己同黛玉前往?喜的是这等形势之下,王妃竟发帖相邀,要知这北静王乃当今圣上面前的红人。王夫人拿了拜帖赶紧去见贾政,贾政见了亦是喜出望外,只是夫妇二人皆猜不透太妃此举用意何在,只得先去看看再说,到时再见机行事。

王夫人特坐了轿子亲到薛家,先同薛姨妈叙了家常。宝钗、黛玉、岫烟听说王夫人来了,自然都来问安。王夫人拉了黛玉的手,上下瞧了,笑道:"看来还是姨妈这里的饭菜养人呢!我瞧着姑娘是胖了些了,气色也比从前好多了。"

"我在这里成天吃吃睡睡,姨妈拿我当小猪养呢!还有个不胖的?!"黛玉笑道。

"我便喜欢孩子们白白胖胖的,瞧着也喜气。"薛姨妈笑道,"你瞧你姐姐,你比她还瘦着一圈儿呢。虬儿媳妇先前也是弱不禁风的,如今你看也胖了一圈,我瞧着便高兴。"众人听了都笑了起来。黛玉道:"也还多亏了薛大哥的丸药,我吃着真是见效呢。"

"什么药这么好?"王夫人奇道,"从前在家里吃了多少药了,也不见好,如今蟠儿竟有这样的好药?可是什么药?"

"便是哥哥从前配的那天王补心丹,姨妈忘啦?"宝钗笑道。

"我哪里记得这些!"王夫人笑道,"可是那个往各处倒腾东西,还同你凤姐姐硬讨了头上的珠花拆了用的?"

"正是。"宝钗笑道,"姨妈好记性。"

"别管费了多少银子,到底派了正经用场了,就不算瞎了。"王夫人笑道,"姑娘如今养得这样好,老太太地下有知,必也是欣慰的。"王夫人说着拿帕子拭了拭眼角。黛玉听了亦是眼圈一红道:"多亏了舅母同姨妈,我才不至随风飘零。"薛姨妈笑道:"你这孩子,又说这话,以后再说这话,我可真要恼了。"

"好好好,我再不敢了。"黛玉笑道,"求姨妈饶了我这一回。"

王夫人见了笑道:"姑娘如今真是和从前判若两人了。这精气神叫人瞧着便高兴。对了,姑娘明日同我去串个门,北静王妃特发了帖子单邀你与我同去,说是太妃想要见你。"

"哟!妹妹是几时投了北静太妃的缘了?"宝钗笑道。

黛玉听了茫然道:"我何尝见过北静太妃?"

"想是老太太仙逝那会儿,林姑娘在老太太灵前守着,太妃见着了也未可知。"邢岫烟道。

"你这一说我却也想起来了,"王夫人一拍额头道,"必是那日所见。那日你林妹妹哭晕在灵前,可巧北静太妃、王妃都在,还跟着忙乱了一阵子。这就是了,我同老爷想了半天皆未想出个缘故来,岫烟这一说倒提醒我了。从前听老太太说过,那北静太妃自幼父母双亡,也是在外祖母跟前长大的。"王夫人说着若有所思地点点头,"必是这个缘故了。"抬头对黛玉道,"既如此,她必是心里想要疼你,又不好贸然叫你过去,所以叫王妃写了帖子约我带你去呢。"

黛玉听见说太妃身世竟是同自己一样的,心中顿生亲近之意,当下便点头应允了。

第二十四回

夏金桂纠缠薛文龙
林黛玉初会北静王

黛玉从此便时常出入北静王府,太妃、王妃皆宠爱有加,回到薛家,宝钗、岫烟又皆是安静娴淑之辈,日子反倒比从前过得舒畅了许多,少了多少闲愁酸泪,单这一项便叫紫鹃念了无数回"阿弥陀佛"。

这日正坐在屋内看书,却听见外头有人高声嚷道:"从没有当婆婆的如此偏心的。我是儿媳妇不假,顶不上你亲闺女,我认了,不如你亲侄儿媳妇我也认了,如今却连八竿子打不着的没上过香、没磕过头的干闺女也不如了,叫人怎么心服?"

"谁在外头嚷嚷呢?"黛玉问紫鹃。话音刚落,就见雪雁跑进来道:"都说薛大奶奶厉害,谁想竟这样厉害!我才在姨太太屋里帮她切鞋底子,那薛大奶奶一头便闯进来,也不请安也不问好,劈头便问姨太太,为什么给姑娘做生日合家都来了，只不知会她？又说凭什么她过门几年了却从未替她做过一回生日？姨太太叫她说话小声点，她竟直接站到院子里嚷开了。"雪雁话音未落，便听见薛姨妈道："哪家儿媳妇倒过来管婆婆行事的？"

"你做老的行事不公，自然难以服人。"只听那夏金桂嚷道，"路不平有人铲，事不平有人管。许你老人家做得，倒不许我说得了？"

"去——去，快去把那个孽障给我叫来，我只和他说话。"薛姨妈气得颤声道。早有人将薛蟠喊了来，薛姨妈一见薛蟠便骂道："你个混账不争气的东西！我才过了几天舒心日子，你便又叫我不得安生了？我自怕了你，躲着你，你倒好，堵到我门上来了！"薛蟠早已跪在地上，请罪不迭。薛姨妈越说越来气，随手拿起旁边婆子手里的扫帚便要打薛蟠。众人忙上前劝阻，宝钗亦闻声出去相劝："妈妈快别生气，气坏了身子可不值当。"

夏金桂闻言心头怒起，阴阳怪气道："我这样的下贱身子自然不配气坏你们这样的千金贵体，但愿姑娘将来找个好人家，可别跟我似的，男人不争气，婆婆还不公道。"

宝钗气得满脸通红,又不好同她辩驳;黛玉里头听了有心出去相帮宝钗和薛姨妈,却因薛蟠在外,连邢岫烟皆未出头,自己又如何插嘴?正为难间,却听薛姨妈又骂道:"不争气的东西,你还不赶紧将她弄走?等着她把这一屋子的人全拖拽进去吗?"

那薛蟠又羞又恼,气得站起身便扯那夏金桂,口里骂道:"囚攮的,惯的你,越发没规矩了。"薛蟠这里手刚碰着夏金桂的衣裳,夏金桂那里便就势往地上一坐号啕大哭起来,边哭边数落道:"我不知你们家这叫什么规矩?姑娘排前头,媳妇靠边站,侄儿排前头,儿子靠边站,这些也全都罢了。"手指着黛玉的屋子道,"那又是个什么东西,这一家子这么捧着她?又做生日又配药的。我这心也气得生疼,怎不见你替我也配一丸子药来医医?看来我是个多余的,我的丫头也早已叫你占了去,我如今也生不出什么新鲜玩意儿来笼络你了,来来来。"说着半跪起来,将脸凑到薛蟠扬起的拳头跟前,"你快一拳打死我吧,也好给别人腾地方。"见薛蟠扬着的拳头一时难以落下,她索性将头往他怀里一扎,揉搓哭闹起来,满口里嚷着叫薛蟠即刻便打死她。

薛蟠顿时慌了手脚，不知所措。

黛玉里头听了，分明今日实是冲着她来的，心中不禁又急又羞又是恼，越听越不堪。她何尝听过这样的市井话？！当时气得泪水迸流，"哇"的一声，将早上吃的药尽皆呛出，抖肠搜肺、炽胃扇肝地大嗽了起来，顿时面红发乱，目肿筋浮，喘得抬不起头来。紫鹃、雁雪皆吓得赶紧上前揉胸捶背，琥珀、春纤亦慌忙拿嗽盒、捧茶水。紫鹃道："姑娘万不可与这样的混账东西一般见识，两府里谁人不知，哪个不晓？姨太太、宝姑娘若不是叫她气大了，岂能叫她别院单过？她说这些混账话，不过是将索日积攒的怨气借题发挥罢了。姑娘你是明白人，姨太太和宝姑娘这会子外头正不可开交呢，若姑娘里头再闹起来，叫姨太太她们却情何以堪呢？"黛玉听她这话在理，喘息了一阵也自平静下来，只是目中泪流难止。

外头薛蟠正被夏金桂缠得不知所措之际，薛蚪得了邢岫烟差的人报信已急急赶来，进门正见夏金桂往薛蟠怀里乱撞，满口里寻死觅活，薛姨妈被气得险些晕倒，早被宝钗同众人拥了进屋去了，院里站了一地的仆从，皆无所适从。薛蚪亦不便动手，只得边朝着夏金桂施礼边高声道:"请嫂嫂自重!请嫂嫂自重!请——嫂嫂——自——重!"一声比一声音高,一声比一声语重。院内众人皆屏气敛声,寂静一片。夏金桂一时竟也有些尴尬,只得站起身,放开薛蟠,理了理自己的头发,一时语塞。"兄长,且请同嫂嫂先回去吧,婶娘那里我自去安抚。"薛虬向薛蟠施礼道。

"好,好。"薛蟠连连点头,扯了夏金桂而去。

薛虬进去劝了薛姨妈几句也便依旧出去做事了,薛姨妈缓过神来方想起黛玉来,赶紧同宝钗、岫烟过来看。那黛玉躺在炕上,面如纸白,暗地里早又将那旧疾勾起,见薛姨妈等人进来,便欲起身行礼,不料一阵眩晕,伏到枕上,趴着喘息了好一阵子方才抬起头来,一言未发却已泪流满面。薛姨妈见了心疼不已,上前搂住道:"好孩子,你千万别同那混账种子一般见识,她真正就是咱们这一家子的魔星。"说着自己也滴下泪来。

宝钗亦含泪道:"妈妈也不用担心,咱们家的事今儿也不是头一日了,林妹妹岂能为了这样的人与事想不开?岂非天下第一傻了?!"

"她闲了这些日子,总是要闹一场才安定。"邢岫烟笑道,"不是为着这事,也能寻着那事。只不理她便罢!咱们若都叫她闹一场便难过几日,她岂非越发来劲了?!"

"还是你明白,"宝钗笑道,"想得通透。我竟不如你,方才照样叫她气得乱了方寸。"

"好孩子,到底还是你定得住神。"薛姨妈转身拉着邢岫烟的手,"连我也是不如你的。"

"婶娘和姐姐说哪里话?你们皆是高门大院里生长的,不比我,从小鄙陋,赁着寺庙里的房子住着,市井风气也见得多了,不足为奇。"邢岫烟淡淡道,"只是不知大嫂嫂这样的人,一样的千金大小姐,如何便习得这一身子的市井气?"又对黛玉笑道,"林姑娘若真同她生了气,可真是自轻了。"

黛玉闻言亦破泣为笑道:"怪道姨妈挑了你当侄儿媳妇呢,我原还纳闷,今儿可想明白了,天下再没有比姨妈更聪明识人的了。"

众人这才说说笑笑,亦不过是相互安慰罢了,实则皆是无可奈何。

那黛玉无人时又开始自怨自叹,暗自神伤,比从前更甚。好在身边众人皆非奸邪之辈,薛蟠被夏金桂闹了一出,自觉没脸,也不大过来了,倒是替众人省心不少。更兼北静太妃时常相邀,也能聊慰黛玉思念贾母之情。

这日北静王回府,到太妃处请安,丫鬟说同林姑娘到花园听雨去了。

"哦?"北静王笑道,"好雅兴,想来是这林姑娘的主意了。"

"正是。"丫鬟笑道,"王妃这些日子身上不快,太妃总一个人待着,今儿下雨太妃便觉着分外冷清,便叫人接了林姑娘来说话。林姑娘来了却说这样天气,她最喜欢,拉了太妃到花园里说是听雨去。"

"如此说来,这林姑娘倒也是个趣人!我今儿也凑个趣去,"北静王笑道,"趁便会一会这林姑娘。"

"奴婢领王爷去。"

"不必。我自寻去,她们必是在映日轩呢。"北静王笑道。说着叫丫鬟取了蓑衣、斗笠来,穿戴了自往后头花园而去。远远地便望见映日轩四面窗扇皆敞着,太妃正同一位白衣少女倚窗而坐。北静王远远地便摆手不叫丫鬟通禀,静悄悄走了过去,却见她二人似在下棋。北静王也不进去,在九曲桥上站了一会子,万籁俱寂,唯有雨打荷叶之声。北静王朗声道:"秋阴不散霜飞晚,留得枯荷听雨声。祖母好雅兴!"边说边往轩内走。

黛玉听了不禁一怔,这一句李义山的诗正是她最喜欢的。

"溶儿来了。"太妃笑道。

黛玉起身不迭,四顾并无可隐身之处,太妃笑道:"不妨事,你来了这些回,还从未见过我这孙儿呢。今儿既碰上,见见无妨,都是自家骨肉。"话音未了,北静王水溶已跨进轩来,先向太妃行礼毕,笑道:"不想祖母竟有客在此,还以为只祖母一人在此独享清雅呢。"

"这便是我常同你说的林姑娘了。"太妃笑道,"我哪里有这等雅兴?皆是林姑娘提议的,果然与往日游园傻看不同。"

"请王爷安!"黛玉只得垂首上前施礼,水溶忙上前一步弯腰伸手扶住。黛玉一惊,避之不及,略一抬眼恰与水溶四目相对,只见那水溶面如美玉,目似朗星,不禁心内一惊,面上顿时晕红,忙垂下眼帘,退在一旁。那水溶见黛玉娇喘微微,闲静时,如娇花照水,行动处,似弱柳扶风,眼睛哪里还移得开,一时竟看呆了。太妃一旁瞧了,不禁心有所动,轻声唤道:"溶儿,溶儿，王爷。"

水溶一惊："祖母。"

"你还没给林姑娘还礼呢！"

"哦！林姑娘妆安。"水溶忙施礼道。黛玉只得又福了福，小声道："既是王爷回府了，我也该告辞了。"

"不急，且用了晚膳再回吧。"太妃道。

"正是。"水溶笑道，"林姑娘若这就走了，祖母该怪我赶了她的客人了。想必我来的不是时候啊。"

"王爷言重了。"黛玉垂首道，"本也该回了，每日吃药的时辰不敢误了。"

"林姑娘有恙？"水溶惊道，"却于这雨天来陪祖母，真叫小王心中不安了。"

"不妨，林姑娘打小身子弱，不过是吃些滋补之药。"太妃道，"不过既是要回去吃药，我便不强留你了，改日你叫人备了药，上我这儿来住几日，我们祖孙俩痛快耍几天，可好？"

"待我回去先禀明了舅母同姨妈，再来赴太妃之约。"黛玉笑道。

抬头看外头雨尚未停，便唤了紫鹃进来伺候穿蓑衣。水溶一看不禁笑道："原来宝玉同我要了这套衣裳竟是送与你穿了。可巧我今儿也穿了。"转脸叫道，"快拿我的来。"外头候着的丫鬟赶紧进来替水溶也穿了那蓑衣。黛玉想起当日宝玉曾说过水溶也有一套这样的蓑衣斗笠，却不曾想今日竟与他穿重了，顿时穿也不是，脱也不是，绯红了脸。太妃一旁瞧着，喜得眉开眼笑："哎哟！从前见他穿了，只觉着有趣，今日瞧着，不想竟如此好看呢！"说得黛玉越发羞得抬不起头来。水溶看了亦越发地心醉神痴。

回家路上，紫鹃见黛玉一言不发，只一味出神，便试探道："姑娘你这一路上想什么呢？"见黛玉不理，笑道："想那北静王爷水溶呢吧？！"

"你这蹄子，可是要死了？"黛玉嗔道。

紫鹃"噗嗤"笑道："我瞧那王爷瞧姑娘的眼神都直了。"转念又叹息道："可见咱们从前总在那深宅大院里头，哪里知道其实这世上好男儿何止一人？！"

"还说？！你疯了吧？"黛玉道。紫鹃不理，接着道："姑娘你这一身的病，皆是因为想不开。如今老太太没了，我看姑娘住在薛家这些日子，那宝玉除了同琏二爷一道来给姑娘祝了个寿后，就脚也不曾张过，便是前些日子姑娘受了那夏金桂那样一场闲气，两府里传得沸沸扬扬，他亦不曾有只言片语到姑娘跟前，简直同从前换了一个人了。姑娘又何必死心眼儿呢？如今姑娘若不为自己想，可再没人为姑娘盘算了。"

"你若再不闭嘴，我便叫你下车，自己走回去算了。"

"好好好，我闭嘴。"紫鹃叹息道，"只是姑娘闲时也想一想我的话，看我可是为着姑娘着想呢。"

"那北静王爷他是有王妃的，你可不是疯了是什么？"

"我自然知道他是有王妃的。"紫鹃道，"可他并不是寻常男子啊！从前咱们家大小姐也不是皇后啊！"

"你可真是疯了！你若再多说一个字，我即刻便叫你下去。"黛玉气道。回到家，吃了药便躺下了，一夜翻来覆去，不曾安枕，一时想想自己如今孤身寄居薛家，又有夏金桂在外胡说；一时想想宝玉避祸南方，也不知详情近况如何，也无从打探；一时又想起今日之水溶，心乱如麻……

第二十五回

北静王喜获林黛玉
卫若兰求娶史湘云

那北静王水溶自从见了林黛玉之后,心中便再难割舍,一日同太妃诉说了心事,太妃笑道:"我也正有此意呢!只是恐委屈了林姑娘,更不知她舅舅、舅母的意思。"水溶再三央告太妃,太妃便使人唤了个官媒婆到府,叫她先去探探贾政、王夫人口风,又嘱咐去了务必要说清,绝不当作普通姬妾看待,一样三媒六证、八抬大轿,封为少妃。

那官媒婆到了贾府,先见了王夫人。王夫人不敢做主,特请了贾政前来。贾政亦不敢擅专,又将贾赦、邢夫人一并请到。贾赦听了,欢喜不尽,见贾政有些犹犹豫豫的,便劝道:"林丫头年纪也不小了,家中情形她也尽知,如今若能得北静王倾心相助,无异于雪中送炭,她岂是那不懂事的孩子?况且北静王爷那等人品家世，寻常公侯家的正妻又如何？且这少妃与正妃一应规格、待遇皆相差无几，你又何必耿耿于怀呢？"

"你说的我何尝不知？只是心里终究有些不平，若是敏妹妹在世定然是断不肯为的。"贾政叹息道。

"正所谓'时也，运也，命也'，便是敏妹妹在世，难道便有逆天之能？"贾赦不屑道。

四人又商量了半晌，方允了那官媒婆子。那婆子赶紧回去复命，太妃、王爷闻讯皆大喜，这才请了王妃前来告知。王妃听了亦无话可说，心中暗自思忖："王府里姬妾众多，自然也不多她林黛玉一人，虽说是与众不同，以少妃身份进府，但她实则身后并无靠山，不过是眼前太妃怜惜些罢了，至于王爷宠爱，'花无百日红，人无千日好'，不足为虑。"因此王妃倒自请替王爷收拾准备，博个贤名。

那媒婆走后，贾赦、贾政随即便将贾琏、贾珍皆唤了来，他二人一听要与北静王府结亲，亦是高兴万分。众人计议道："眼下贾赦、贾政等人皆在服丧期内，不便将黛玉接回大观园，只能在薛家备嫁。"如今跟前的四个丫鬟紫鹃、雪雁、琥珀、春纤都做陪嫁跟过去，贾赦、贾政、贾珍、贾琏各送了一房家人做陪房，当年贾琏带回来的贾敏旧物，依旧给黛玉做嫁妆，又恐被北静王府看轻了，便又从贾母的遗物中寻了两架围屏出来，一架是当年甄家所送的十二扇大红缎子，一面缂丝"满床笏"，一面泥金"百寿图"的大围屏，一架是粤海邬将军家送的玻璃围屏，以壮嫁奁。

众人议定，俱各欢喜，叫贾琏过去接了黛玉回来细说婚事。黛玉到家，王夫人将贾赦、邢夫人、贾政、贾珍、尤氏、贾琏、凤姐并李纨皆请至原贾母正堂，当着众人的面对黛玉说了北静王府求亲之事，又说了贾赦、贾政已做主允婚及陪嫁之事。凤姐、尤氏、邢夫人并李纨皆对这门亲事赞不绝口。贾赦又说了种种利害关系，贾政亦一旁不住点头。贾珍更笑道："人人皆谓咱们家完了，这又出了个少妃，我看那起子小人又待作何嘴脸？！"邢夫人、尤氏、凤姐、李纨亦皆笑道，要回去好好寻两件首饰送与黛玉，以壮妆奁。黛玉满脸来热，两颊绯红，犹如火烫，唯有低了头一言不发而已。众人说得高兴，也不在意，一时散了。黛玉神情恍惚地由贾琏送回薛家，独自一人抱膝坐于炕上不饮不食，落了一夜的泪。

到了吉日，由不得黛玉做主，凤姐、李纨、尤氏皆早早便过来帮着梳妆打扮。北静王水溶身着江牙海水五爪坐龙大红蟒袍，系着金鞓带，头戴大红簪缨金翅王帽，胸佩红绸花，亲自跨马来迎。贾琏、贾珍、宝玉、贾蓉、薛蟠、薛蚪等皆华服骏马做了送亲之人。

黛玉进了府见过太妃与王妃，送入洞房。那王妃原以为林黛玉不过孤女一人，谁知竟是这等排场，难免心中不悦，面上却并不显露，依旧笑容满面，离座双手扶起黛玉，笑道："少妃快快请起，再不料我二人如今竟做了姐妹，从今往后你我姐妹同心协力侍奉王爷。"黛玉含羞低头不语。太妃、王爷见了无不欢喜。

却说那薛蟠自黛玉由他家嫁至王府，便以北静王爷的大舅哥自居起来，行动比从前更加骄矜，家中有夏金桂闹着，索性便不回家了，只在外头眠花宿柳，呼朋引伴，与诸王孙公子轮番做东，寻欢作乐，无所不至。这日邀了冯紫英、陈也俊、卫若兰等人约了在蒋玉菡的紫檀堡相聚，席间几人无意提及宝玉，心内皆怅然若失。冯紫英叹息道："可惜自打他们家老太太过世，玉兄竟一病不起，我去看了他两回，竟仿佛换了个人似的，懒懒地竟不甚理我。"蒋玉菡顿时红了眼圈道："冯兄说得是，我去看他，视我竟如同陌路人一般，全无昔日之风流潇洒。"

"外头皆传他丢了那胎里带来的通灵宝玉了，便如同人丢了魂魄一般，故此再无灵气。"卫若兰道，"究竟不知真假。"

"想必再过些时日自然便好转过来了。只因他打小便在老太太跟前长大，比旁人自是不同。"薛蟠道，"嗨！咱们今儿是来找乐子的，快莫提烦恼事了。"转脸问跟来的小厮，"叫你们去锦香院接的人怎地还未到？"

"我听说你那云儿已从了良了，你却还去接谁？"卫若兰笑道。

"那老鸨子前几日托人捎信与我，说是有人从官家手里倒腾了几个姑娘出来，皆是些从前犯官的家眷，锦香院也挑了两个，调教了一阵子了，说是如今也能弹两支曲子了，却教我帮着看看她们习得如何了，说是寻常客人并不敢轻易叫她们出来的，怕一时不慎再露了马脚。"薛蟠道，"我哪里懂什么吹弹拉唱的？正好今日相聚便叫接了来这里，请你们几个尝鲜品评。"

"那老鸨子这样大事单同你说，可见你却是她的知音呢。"冯紫英笑道。众人闻言皆大笑。薛蟠自己也笑道:"哪里是我?只我袋里的银子才是她的知音呢。"又叫小厮出去迎迎贾珍、贾琏。

众人正说笑间,锦香院的马车到了,两个小丫头子扶了两个怀抱琵琶、蒙了面纱的姑娘进得门来。不等二人行礼,薛蟠便上前一把扯了走在前头一人的面纱道:"即便你们从前是王府千金,如今干了这一行可就别想清高了,快扯了这个劳什子,叫爷好好看看你的小脸蛋儿。疼人不疼人?"那被扯了面纱的姑娘垂了头一声也不敢吭,另一个则忙退后一步道:"我二人皆是清倌人,并非红倌人,请大爷自重。"众人闻言先是一怔,继而皆笑了起来。薛蟠嚷道:"你薛大爷从来分不清青红皂白,你同我却是说不着。"

"数日不见,老薛这文辞见长啊!"陈也俊笑道。众人闻言越发笑得不行。薛蟠越加来了劲,上前一步便欲扯下说话那姑娘的面纱,那姑娘后退两步道:"大爷若强逼,便一头撞死。"薛蟠一听不禁火起,破口骂道:"婊子养的,我难道怕了你不成?"骂着便欲挥拳。冯紫英一把扯住,道:"老薛这又何必?不过图个乐,她既不愿摘便由着她便是了。"蒋玉菡亦劝道:"薛兄平日最会怜香惜玉,今日却为何这般行径?她二人若有一个哭了,今日便十分无趣了。"

"今日便叫她二人都戴了面纱弹奏,却也别有情趣。"卫若兰笑道,"薛兄又何必急在一时?"

"就是。倘或美人待会为薛兄风流所动,主动投怀送抱亦未可知呢。"蒋玉菡接口笑道,"那时才真有意趣。"

薛蟠被众人你一言我一语劝得也有些不好意思,便也哈哈笑着坐下,蒋玉菡这才叫那两位姑娘拿了琵琶坐到屏风边上。那蒙着面纱的姑娘无意间瞥见卫若兰腰间系着的一个文彩辉煌的金麒麟,不由一惊,也不敢出言相问,只在心内暗自揣测,心神不定地调音试弦。一旁薛蟠等人正说笑间,小厮飞奔来报:"珍大爷同琏二爷来了!"那蒙纱姑娘闻言一怔,话音未落,贾珍与贾琏已跨进屋内,众人忙迎上去行礼。却听那蒙纱女子厉声叫道:"珍大哥哥、琏二哥哥。"众人皆大吃一惊。贾珍、贾琏亦大惊,忙走近那女子。那女子一把扯掉面纱,贾珍一时没认出是谁,贾琏却惊得一把握了那女子手臂,说不出一句话来。众人皆围拢过来,贾珍道:"你却是谁?"

"珍大哥哥,我是云儿呀!"那女子哭道。

"哪个云儿？"贾珍道。

"什么云儿？"薛蟠亦不约而同问道。

"大哥，她是史家的表妹云儿呀！史湘云。"贾珍因与湘云年岁差得多，又不常在荣府内宅走动，所以一时间哪里能够辨认得出？贾琏则自幼也在贾母跟前长大，又时常出入于内宅，因此纵使湘云这两年饱经风霜，有所改变，贾琏也还是一眼便认了出来，急道："云儿，你却如何在此地啊？"那湘云一听顿时泪如雨下，泣不成声。薛蟠一旁直臊得恨不得有个地洞钻进去方好。众人忙叫他几人坐下，奉上茶来细述。贾琏道："此处亦非说话之所，先随了我们家去再说。"湘云闻言连连点头，拭了泪指着另一女子道："大哥哥、二哥哥，可否将她也一并带了去？"

"她却是谁？"贾琏道。

"她是我打小的丫鬟翠缕，这两年始终不离不弃地跟着我，同我一起遭了无数的罪。"湘云道。翠缕忙过来给贾珍、贾琏磕头行礼。

"既如此，便先一同家去再说吧。"贾琏道。

贾珍、贾琏酒也不吃了，带了湘云和翠缕便走，叫外头守着的龟公回去报信，要多少银子只管到贾府来取。薛蟠红着脸道:"改天我专程治一席与史大妹妹赔礼,这锦香院的事便由我去了吧,你们只管去便是了。"

贾珍、贾琏带了湘云见了邢王二位夫人,李纨、凤姐、尤氏亦闻讯而来,众人抱头大哭了一场,又听湘云诉说了种种遭遇,无不泪下。湘云又去见了贾赦与贾政,他二人听了亦是眼中垂泪。晚饭后,王夫人便叫湘云暂与李纨同住。湘云跟了李纨往稻香村而去,路上便欲先去怡红院看看宝玉。"才吃饭时太太说宝玉如今病得不愿见人。"湘云道,"他断无连我也不见的道理。"

"姑娘想看便看看去吧。"李纨心知她若不亲见,说了必也是不肯信的,"只怕他未必认得你了。"

于是二人到了怡红院,袭人迎出来,见是湘云,又惊又喜,说了几句。袭人心里但愿湘云此来或可叫宝玉能清醒些,便赶紧请她们进屋去,口里叫道:"宝玉,你快来瞧瞧,是谁来了?"湘云早已一脚踏进门去,一眼看见宝玉端坐在书桌前头,见她们进来,便起身行礼,礼毕坐下叫人看茶便低头无语。

湘云不快道:"爱哥哥,怎么我来了你竟看也不看我一眼,难道你竟一句也不想问问我这两年的遭遇么？"

宝玉听了转脸问袭人道："不知这位姐姐却是哪一位呀？"湘云闻言大惊。袭人道："她是老太太娘家的侄孙女儿史大姑娘呀，你同她从小一块儿在老太太跟前长大的。你比她大，该叫她妹妹才是。"宝玉听了重又起身行礼道："史家妹妹好。"湘云看得目瞪口呆，半晌方转脸问李纨道："究竟什么病，竟一病如此？"李纨摇摇头道："究竟不知。与他说话倒也明白，只是从前的事一概记不得了。"二人又略问了袭人几句，袭人唯垂泪不已。

坐了一会，李纨道："咱们走吧，时候也不早了。"宝玉起身送客。袭人送至门口，拉着湘云的手道："我改日得空了，再去寻姑娘好好说说话。"

且说那卫若兰自打见了湘云一面后，便一直念念不忘，找了个由头来寻贾琏，说了自家心事。贾琏大喜道："卫兄果然好眼力！我这妹妹也不必我自夸她，若非家中遭变……唉！就不提从前的事了。我妹妹人品，日后自知。只是有一事须据实以告，不可欺瞒，我这妹妹从前也曾有过婚约，因家中出事，那家便将婚约毁了。不知卫兄对此事可有所介怀？"

"史家之事，谁人不知？兄长不必多虑，小弟若是那等小肚鸡肠之人，今日又何必亲自登门？"

"还有一条至关重要，兄弟亦不得不虑啊！"贾琏担忧道，"她乃犯官家眷，卫兄不怕牵累府上么？"

"我与柳二郎一般，皆父母早逝，家中皆是我自己做主，我心中不怕又何惧之有？况且她一介闺中弱质，便是官家知道又能怎样？"卫若兰想了想又道，"既是兄长虑到此处，小弟若毫不顾忌，岂非负了兄长之心？府上若不介意，小弟便不大张旗鼓操办此事，只请几家至亲如何？不过兄长放心，一应礼仪概不能少。"

"若如此最好！"贾琏想了想道，"只是此事我尚需回禀我们老爷和太太知晓，想必他们亦不会不允。"

"如此便有劳兄长了，小弟静候佳音。"卫若兰作揖道。

贾琏进去将卫若兰求亲之事同贾政、王夫人一说，皆大喜，满口答应，又叫人请了贾赦、邢夫人来，更无异议，这才将湘云请来，同她一说。眼前境况，湘云又如何能拒？贾琏怕她心中不愿，便笑道："这卫若兰的家世、人品、长相皆是一等一的，史大妹妹只管放心，我尽知的。他那日只见了妹妹一眼，心上便再难放下，不知妹妹那日可曾留意到他？"史湘云摇摇头,她那日头一回被老鸨子派出来应局,哪里敢四处乱看？只除了薛蟠闹事方看了个仔细。

洞房之夜,卫若兰看见新妇身上佩了一只金麒麟,大惊,忙取出自己的与湘云看。湘云才知卫若兰便是那日坐在自己前头的那位公子,不禁问道:"你却哪里来的这东西,我那日瞧见心中便已犯疑。"

"此物乃是有一回在珍大哥府上射鹄子,你家表哥宝玉输与我的。"卫若兰笑道,"看来这世间万物,冥冥之中早有安排啊!"

第二十六回

涉世未深贾环泄密
机关算尽凤姐落网

如今且说那忠顺王府的长史官暗中差人一面撒下天罗地网，在京城内外细致搜罗那扇子原主，一面使人私下里循着那雨村升迁足迹逐件查访，却始终无所获，不由心中烦闷焦躁起来。那孙绍祖如今与忠顺王府的长史官过从甚密，这日来约长史官一聚，酒后见他唉声叹气，便问详情。长史官起先不愿吐露，经不住孙绍祖再四恳求，便将寻那扇子原主之事略说了几句与他听，只说是忠顺王爷欲寻着此人，问他手上可还有别的扇子，闭口不提雨村之事。

孙绍祖闻言笑道："这扇子从何而来？只问这献宝之人不就一清二楚了，何需老大人费神？"

长史官沉吟了一下方道："这扇子乃是一名小官不知使的什么手段从贾赦手中弄出来的，他亦未必知道原主。"

孙绍祖闻言，心中暗自思忖："从来一事不烦二主。"又转念一想："许是王爷怕被那献宝下属因此看轻了亦未可知。"当下笑道："这等小事，也值老大人如此烦闷？下官如今正负责这京城内外的巡逻之事，此事交由下官去办便是，老大人且请宽心饮酒。"

"此事不可太过张扬，务要机密行事，不要扰民才好。"

"大人放心。"

孙绍祖回到家中，暗自思忖，漫天撒网却要寻到几时？那扇子既是从贾赦手中夺出，兴许贾赦便知端的，只是如今自己如何敢登贾府之门？忽然想起贾环来，即刻便使人去请贾环明日锦香院相见。那赵姨娘听见贾环与孙绍祖相交，不禁又喜又怕，喜的是儿子如今长大，已能结交官吏，怕的是万一府中之人知道贾环与孙绍祖来往必定不容，思来想去，决意为他掩饰，由他自去交往，总好过困死府内，永无出头之日。

至次日晚，贾环悄悄前往锦香院同孙绍祖见面。二人先叙了闲情，酒过三巡，孙绍祖方假装无意提及贾赦藏品："外头皆传我那老泰山手上有多少好玩意儿，究竟是真是假？你不是说他对你甚是赏识么，可曾与你赏玩过一二？"

"那是自然。"其实贾赦从前不过是一时兴致，如今并不太理会贾环，但贾环之前在孙绍祖跟前说了大话，如今自然放不下面子来，只得硬着头皮道，"两府之中，想必并没有第二人能比我见过大老爷的藏品更多的人了，便是琏二哥成日里忙于事务，亦未必有我见得多。"

"是吗？我却有些不信呢！"孙绍祖笑道，"那你可曾见过我岳父手上有几把古扇？"

"二姐父你若问别的兴许我还真有可能不知，这扇子我可真见过。"贾环笑道，"共计二十把，有阵子大老爷爱得什么似的，日日拿在手上把玩。"说着凑近孙绍祖低声道，"我听我娘说，为那几把破扇子，琏二哥还挨了顿打呢。"

"哦？"孙绍祖眼睛一亮，"你且细细说与我听听。"贾环于是将听来的各种关于石呆子的事七拼八凑又添油加醋地说了一回，孙绍祖听了"哦"了两声，点了点头，笑道："三弟竟知道得如此详尽，可见岳父是真心看重你啊！"贾环听了十分受用。孙绍祖又点头自语道："不曾想这贾雨村竟这等有手段。"

"嗨，也没什么了不起的。"贾环越发装腔作势起来，"不过是仗了我们舅老爷的势罢了。不过那老小子却也是个知恩图报之人，我们姨太太家的薛大哥打死了人也是他想辙平了事，因此上我们舅老爷、老爷才一再抬举他。"

"这样机密之事，三弟竟也知道？"孙绍祖故作惊讶道。

"不值什么。"贾环不禁兴致高昂，仰脖饮尽一杯，招手叫孙绍祖附耳过来，笑道，"这家里什么事也休想瞒过我去。凤姐姐逼死了人命，也不过是我们舅老爷一句话的事。"于是将尤二姐之死以及张华告状连同凤姐欲杀张华父子灭口之事一一道来。

"什么？"这回孙绍祖着实吃了一惊，"竟有这样的事？"继而摆手笑道，"这个我却不敢信了，若真有这样的事，自然做得千细万密，如何肯叫人知晓？"

"我敢对天发誓，千真万确。"贾环急了。

"你切莫说此事也是听你娘说的。"孙绍祖冷笑道。

"自然不是。"贾环涨红了脸道，"我娘如何能知这样的事？！"犹豫了片刻，方道，"实话对你说了吧，二姐夫,凤姐姐的陪房来旺儿的儿媳妇彩霞原是太太跟前的大丫头。"孙绍祖听了略一沉吟,笑道:"我明白了。三弟如此风流倜傥,必是那丫头看中了你,一心讨好,因此家中之事多说与你听了。"又笑道:"只是既是你心爱之人如何却又与了奴才,却不可惜?"

"二姐夫,这你就不知了。我们园子里,最不缺的便是女孩子。何况她也算不上什么心爱之人,"贾环笑道,"只不过她如今嫁的这东西也太不长进,因此她私下里叫她妹子小霞也约了我几回。"

"这事却不好怪她不贞,只怪三弟生得太过俊俏了。这女人但凡尝了,如何还放得下?"孙绍祖哈哈大笑道,"只是你家凤姐姐这胆识可真是多少男人也不及呢。"

"嗨!这算什么?你是不知道,她那胆子,哼,人说胆大包天,说的便是她了。"贾环不屑道,"她把人家恩爱小夫妻拆散,弄得人小两口一个上吊,一个投河,她却坐收三千两白银,谁又能拿她怎样?!"

"啊?"孙绍祖大惊,"此话当真?"

"她的事多是彩霞她公公来旺儿跑腿,想必错不了。"贾环道,"却只提她做什么?没的扫兴。"

"三弟说的是。"孙绍祖笑道。忙举杯敬贾环。二人又吃喝玩乐了一阵子,尽兴方散。

没过多久,孙绍祖便在城外桥洞内栖身的一堆乞丐里将石呆子翻了出来,送至长史官面前。长史官大喜,倒也没埋没了孙绍祖的功劳,在忠顺王面前着实夸赞了他一番。忠顺王爷道:"此人倒是堪用,只可惜他却是贾赦的女婿。"

"这个王爷无须多虑。"长史官笑道,"那贾赦前后弄了他一万两银子并许多彩礼,却将个庶女嫁与他,这小子如今恨不得将贾赦食肉寝皮呢。倒是他今日来说了些贾府之事,或许有些用。"于是将凤姐所为一一说与忠顺王爷。

"这娘儿们,胆子却大。"忠顺王笑道。

"她一介女流敢如此妄为,自然是仗了她叔父之势。"长史官道,"咱们既已知晓,便顺带着一起查查便是,又并不为她特意再派人手。况且古人有云:'千里之堤,毁于蚁穴。'焉知咱们就不能从中寻些蛛丝马迹来对付王子腾呢?"

"随你的便吧。"

正所谓:"有心栽花花不开,无心插柳柳成荫。"

长史官这一查竟查出了贾雨村多少徇私枉法之事，连带着长安节度使云光一并扯了进来。这云光到了堂前，一刑未动，便将自己素日与贾王二府之事和盘托出。这里官府一声令下，暗中将往昔跑腿的来旺儿、王信等人拘至堂前，一顿板子，有问必答。这一来，先前凤姐所做之事将贾琏并王子腾一概牵扯了出来。只因凤姐不过闺阁女子，她若行事，自然不是打着王子腾的旗号，便是拿着贾琏的拜帖。

且不说王子腾在狱中见了来旺儿等人供状，气得跌脚不已，只说贾琏在家，正与林之孝等人说话。"眼看着咱们家又要重新振作了，二爷也不必日夜忧心了。"林之孝道，"我听跟去的来福回来说，现如今那北静王爷将咱们林姑娘那是爱得如珍似宝。那北静王爷乃是圣上面前第一红人，咱们得这样的姑爷照应还错得了？"

"正是这话。"赖大笑道，"只可惜咱们三姑娘离得太远了，这王妃当得千好万好，娘家竟是一分好也捞不着。"

"我这几个姐妹，除了二妹妹，还真都是好福气。"贾琏听了不禁也笑道，"你们可切莫只看眼前，那卫若兰十八般武艺样样拿得起放得下，必非池中之物，早晚建功立业呢。"

"二爷说得是。"林之孝笑道,"听说宝二爷如今读书也用心了,将来再同兰哥儿一道来个金榜题名,谁能比得了咱们?"

几人越说越高兴,正说着有小厮进来回禀:"二爷,督察院梁督卫求见。"

"梁督卫?"贾琏奇道,"一向与他并无甚瓜葛呀?且先请进来吧。"不一时,梁督卫走了进来。贾琏迎上去作揖笑道:"难得梁督卫大驾光临,不知有何贵干?"

"只因我们老爷奉旨陪审王大人,圣上早有旨意,不论文武百官,抑或是贩夫走卒、黎民百姓,凡案情需要皆听调遣。因有些小事需二爷前去做个见证,故特差下官来请。"梁督卫拱手笑道。

"哦,却有何事要我去见证?"

"这个下官便不知了。二爷自去当面询问,岂不更好?二爷放心,我们老爷素与王大人交好,请二爷前去不过是想替王大人开解一事罢了。"梁督卫道,"二爷请这就同下官去吧,免得我们老爷等得心焦。"

贾琏心中犯疑,这督察院御史乃新近刚上任不久,从未听王子腾说过与其交好之事，但他如今差人来请，又明说涉着王子腾之事，自然不好不去，便给林之孝暗暗使了个眼色，转脸对梁督卫笑道："既是老大人吩咐，岂敢不遵？"便同梁督卫一起出门而去。林之孝与赖大带了一众小厮随后而行。

到了督察院，贾琏与梁督卫进去，林之孝摸出些许散碎银两，请门前差役进去打探详情。过了一阵子，那差役出来悄声道："我等皆难以靠近，听说是里头正审着呢。"

"不是说来问话么，如何竟审起来了？"林之孝奇道。

"这个小人可就不知了。"

"你且在此处候着，我这就回去报与老爷知道。"赖大略一沉吟道。林之孝点头。赖大策马飞奔回府。贾政闻说事关王子腾不禁亦大吃一惊，忙叫人去请贾赦与贾珍。凤姐、王夫人早得着信了，俱赶了过来。几人皆是一头雾水，茫然不知所措。不一时，贾赦、贾珍亦闻讯赶到，众人各种猜测，皆不得要领。

好容易等得林之孝差人回来报信："我等在外候了许久，始终未有消息传出，恐家中担忧，故林大爷叫奴才先回来说一声。林大爷说：'没消息便是好消息，若有坏事早便传了出来了。叫老爷、太太们、二奶奶只管放心。'林大爷说他亲自守在那里，有事即刻便差人家来报信。"

凤姐急得哭骂道："一帮子无用的蠢材，要你们何用？说了这半天，究竟因为什么事呀？"正急乱处，又有小厮回来禀道："林大爷说怕家里着急，叫我回来报个信，说已使了银子，二爷断不会吃什么苦头。"不等凤姐发怒，又有小厮来报："林大爷特叫小的回来说一句话，说他方才在府衙外头遇见了忠顺王府长史官的一个随从，想必王府的长史官也在里头呢。"

"忠顺王府？"贾政惊道，"看来此事非同寻常！前日北静王差人来说，舅老爷一案圣上已交由忠顺王主审。"

"快去！"贾珍道，"你们几个赶紧都去督察院府衙门前守着，有什么事无论大小都即刻来报。"

赖大带着众小厮忙不迭皆去了。贾政等人坐等至掌灯时分，正是疲乏不堪之际，忽听外头乱哄哄嚷成一片。贾珍忙出去看时，却见大门外站着一队手执火把的官差，将门口照得通亮，正嚷嚷着要进荣府内缉拿人犯。家仆们正与之争执不下，见贾珍出来皆上前行礼告状。领头的官差知道是贾珍，上前行礼道："将军，下官奉长安府太守大人之命前来缉拿要犯，还请将军行个方便。"

"什么要犯，敢不是弄错了？"贾珍奇道，"我家却有什么要犯？"

"怎敢弄错？"官差笑道，"下官项上有几颗脑袋，敢不将府上之事核准再来？王熙凤可是府上当家少奶奶？"

"凤姐儿？是倒是，只是她一介闺阁女流，却能有何事？"

"这个下官便不知了，如今只奉命前来拿她到堂，有事无事，堂上一问便知。还请将军即刻便请了这位当家奶奶出来，同我们走一趟。"

"诸位且请稍候，吃杯茶。"贾珍作揖道，"我这就进去同我们老爷回明此事。"

"请将军快着点儿。我等皆是奉命行事，堂上几位大人还等着下官回去复命，还望将军见谅。"

"几位大人？不知是哪几位大人啊？"

"三法司的几位并忠顺王府的长史官俱在。"差官收了赖二塞过来的银子，拱手道，"请将军作速，下官等实在不敢久留。"

贾珍一听是这几位在候着，不由心内大惊，料亦问不出详情来，便赶紧进去回禀贾赦、贾政等人。凤姐并邢、王二位夫人亦于内堂一处候着消息呢，一听贾珍之言，唬得凤姐魂飞魄散，顿时慌了手脚，跪倒在贾政、王夫人脚下求救。贾政等人亦惊恐不已，再不曾想到官府竟差人来拘凤姐，众人皆想不出缘由。

王夫人对贾政哭道："怎么说凤丫头也是侯门贵妇，怎能同他们去公堂上抛头露面？日后如何见人？"此时贾政亦心乱如麻，并无章程，只"唉"声不绝。

"看如今这局势，不去恐难行。"贾赦思忖道，"琏儿怎么说也是个五品的同知，他们若无硬靠山如何敢动他？他们既明打着核实王舅老爷的事而来，此事必不能善了，或者他们手上现下便捏着密旨亦未可知。琏儿至今未归，眼下又来拿他媳妇，想必两事是有牵连的。事到如今，先别顾什么体面了，先跟了他们去吧。再多跟几个人去，有事赶紧回来报信。"

凤姐听了，心中暗恨，又不敢回嘴，只得冲着王夫人哭泣。王夫人心中亦是不快，也不好辩驳，也只看着贾政哭道:"老爷好歹拿个主意才是。"

"不如这样吧。"贾珍看贾政亦无主张,便道,"大妹妹今日不同他们去恐实在难行,不如便依着大老爷之言,先委屈大妹妹同他们去了再说,料他们也不敢怎样。待天一亮,我便去寻雨村问个端的。二位老爷要么去见圣上直接讨个说法,要么老爷去寻北静王爷同南安郡王。大老爷一向同东平王爷交好,便去东平王府走一趟,好歹先问明白所为何事才好打算。"

贾赦、贾政听了,连连点头称"是"。贾政想了想道:"明日一早,大老爷同我直接去面君问个究竟,也不必再去寻旁人烦恼。"凤姐、王夫人无可奈何,只得洒泪而别,平儿亦哭着跟着一路去了。邢夫人心中暗喜,只愿她从此再回不来才好,面上却含悲忍泪,伤心不已。

第二十七回

忽喇喇大厦将欲倾
荡悠悠富贵随风逝

次日一早,贾珍便赶至兴隆街贾府,却见大门紧闭,小厮上前敲了许久才有人来开了门,一问才知,原来昨夜雨村亦被带走。贾珍这才真正慌了神,赶紧转投冯紫英处。冯紫英正在家中同他父亲神武将军一道整装待发,听见贾珍来访,大喜,迎入厅内坐下。冯紫英笑道:"圣旨下得急促,我正愁着不得空去辞行呢。"原来边关告急,圣上派神武将军为先锋,冯紫英为偏将,卫若兰托了情请为冯紫英的副手,即刻驰援。"想必卫兄此刻正于家中同令妹依依惜别呢!"冯紫英笑道,"他央了我父亲多少回,唯恐辜负了自己一身好武艺,这回总算是如愿以偿了。这一去,必能搏个锦绣前程回来。"

"多承世伯与冯兄照看了。"贾珍强笑道,见他正欲远征，便不好再多说其他，只得寒暄了几句起身告辞。冯紫英心内亦猜他有事，只是眼前多少事皆须一一料理，实在无暇顾及其他，心想他也必无大事，还是待回来再说。

贾珍只得往回走，想着到家且看贾政等人可有所获。路上恰遇着五城兵马司裘良骑着马回府，贾珍不由一拍脑袋道："啊呀！竟将他忘了！"赶紧拍马向前，迎了上去。二人马上行了礼，不待贾珍开口裘良便道："珍大哥，此处不是说话的地方，不如去我家吧，就在前面兴隆街上。"贾珍答应了。二人一同到了裘府，内书房坐下，小厮奉了茶，裘良命众人皆退下，这才握了贾珍之手道："我今日看见你家两位老爷由内官领着进了大内，二人皆满脸惊慌之色，我不便询问，心里正想着此事呢，抬头便看见兄长了。二位老爷此时皆告了丁忧在家，想是府上出了大事了。究竟何事？"

"好兄弟！"贾珍两手握住裘良之手，"实不相瞒，昨夜老二夫妇二人皆被府衙传了去，至今未归。我正想求兄弟帮我去打听打听，看他夫妻二人究竟是为着何事。"于是将昨日之事细细说与裘良。

裘良听了沉思道："既涉着王都检，恐非小事。如今忠顺王爷等人一心要将王都检扳倒，满朝皆知。只不知琏二弟夫妇究竟因着何事被扯了进去，便是想出力亦不知力往何处使啊！"

"这便如何是好？"贾珍急道。

"大哥莫急！那长安府梁督卫与我颇有些交情，我这就去寻他问个端的。"裘良道，"纵有些事，府上为何现放着能人不求？"

"你是说北静王爷么？"

"正是啊，说起来北静王爷亦是府上的姑爷，人又是极好的，怎不去求他？琏二弟在朝廷并无实职，又不是什么要紧的人物，他能有什么事？况又牵着他的夫人，能有什么大事？若北静王爷到圣上跟前言语一声，岂有不解的？！"

"不是没想到去求他，只是如今事尚不明，便是去求亦是难以说明白啊。"

"既如此，大哥且先请回，我这就去寻梁督卫问个明白。"

贾珍别了裘良回到家中，见贾赦、贾政尚未回来，不禁急得团团转。好容易等到裘良差人来说，暂无确切消息，一旦有信即刻遣人来报。贾珍听了，越发焦躁不安。直至亥时三刻,却见只有贾政一人失魂落魄地回来了。贾珍慌忙迎上去问道:"怎地只有老爷一人回来?大老爷呢?"

贾政只一味摇头,闭上眼睛许久,方仰天长叹一声,潸然泪下:"唉!完了!全完了!这个家是真要败了!"

"老爷,到底怎么档子事啊?"贾珍急道,"你快说呀!"

"唉!"贾政又一声长叹,"今日一早,我同大老爷算计着早朝已散,赶紧进宫。内官领我二人进去,在偏殿内候着,听得外头宫人窃窃私语,说周贵人升了淑妃了,她娘家人正入宫谢恩,圣上正忙着为她娘家封赏呢。我同大老爷便一直在偏殿内候着,并无一人来理我二人。直到掌灯时分,有侍卫进来传旨,叫大老爷去督察院配合审案,不由分说便将大老爷架了去。"

"什么?"贾珍大惊失色。

"留下我一人仍于殿内候着,许久才有人来传圣上口谕,叫我自行回家,不必再等,又说只可在家中静候传召,无旨不得擅出府门。"贾政以拳捶头,"这可不是家要败了是什么?!"

贾珍听了顿时目瞪口呆，惊得坐在椅子上动弹不得，半晌方道："那咱们也不能坐以待毙啊！"他"呼"地起身道："我这就去北静王府。"也不待贾政答言，便出门去了。到了北静王府上前叩门，门上答道："周贵人晋妃，圣上高兴，留了王爷饮宴，才刚差了人回来报信，说今夜留宿宫中了，叫家里不必等了。舅老爷有事明日再来吧。"贾珍听了只得打道回府，这一夜如坐针毡自不必细说。

如今且说贾琏进了督察院府衙。梁督卫引至内堂，贾琏抬眼一看，大吃一惊，岂止是都察院，连同大理寺、刑部，皆有人在，长安府太守并忠顺王府的长史官亦在一旁坐着。贾琏按住心内惊惧，忙上前与众人行礼道："诸位大人竟都在此？"又环顾四周道："这阵势怎么瞧着像是过堂啊？"

"快请琏二爷坐了。"都察院右副都御史左良成笑道，"琏二爷乃是朝廷五品，未定罪名谁敢替二爷过堂？"衙役搬来一把椅子让贾琏坐了，左良成叫人递过王信、来旺儿的供词，"二爷且先看了你家仆人的供词再说话。"

贾琏满腹狐疑，接过供词，条条桩桩，看得心惊肉跳。除了尤二姐一事自己尚知道些一鳞半爪，其余诸如逼死张金哥与前长安守备之子等事，贾琏一概不知，皆系凤姐假借他与王子腾之名恣意作为，收取好处，只长安县节度使云光一处便有类似官司十余件，无不触目惊心。贾琏看完，早已惊出一身的汗来，抬头刚欲辩解，左良成道："来啊，将云光供词一并与琏二爷看看。"

贾琏看完跌足道："这贱人，可害死我了！"又朝上道："还望诸位大人明察，这些事情晚生实在是一无所知，如有半句不实，便叫我天打雷劈，不得善终。"

"呵呵！"左良成冷笑道，"琏二爷真是急糊涂了，我这里岂是赌咒发誓的所在？"

"是是是，大人说得是。"贾琏连连作揖道，"晚生一时情急，口不择言，还望诸位大人海涵。"

"琏二爷稍安勿躁，待会儿尊夫人来了，你知情与否，一问便知。"左良成微笑道。

不一时凤姐提到，一见贾琏便扑了过来。贾琏一把推开，怒道："你这贱人，我可生生叫你给害惨了。"不待凤姐说话，左良成道："给琏二奶奶拿把椅子，且坐下看了供词再说。"

"拙荆并不识字。"贾琏道。

"一个目不识丁的妇人，竟有这般能耐，"长史官忍不住冷笑道，"是当我等皆是傻子不成？将那来旺儿和王信拖了上来，问问他家主母可识字不识？"

不一时，来旺儿先被拖了上来，问他凤姐识字与否，答曰确实不曾听说她识字。又拖了王信来问，王信道："姑奶奶从前在家从不读书，只一味淘气，不知进了贾府，听说他们家的几位小姐倒都是饱读诗书的，姑奶奶有没有跟着学点儿，小的可就不知了。"

"这琏二奶奶倒也算是奇人一个了，若叫她识了字，还了得？她岂非敢偷天换日了！"左良成听了不禁笑道，众皆点头，"既如此你们便读与她听吧。"

师爷遂过来逐条读与凤姐听了，凤姐再强亦不过是在内宅里张狂，此时此地听了这条条款款早已是腿软筋麻，吓成一团。贾琏见她这样心中不忍，过来扶住，愤愤道："你这胆也忒大了，竟瞒得我一毫不知。"到了此时，凤姐哪里还敢犟嘴，伏在贾琏胸前哭道："我如此行事，无非是想弄几个银子帮衬着过活罢了。家里如今寅吃卯粮，外头哪一处均不敢短了。我既当家理财，自然想方设法周全，只是我哪里晓得这些事情后头是牵着人命的？"凤姐说了几句渐渐缓过神来，"况我得来的钱财,并非我自己一人开销了,你们家便是那填不满的坑!漫说是这几个小钱,便是连我同太太的陪嫁亦不知贴了多少进去了。平时钱用得快活时,也从不见你问我钱从何来。"

"你自做事,为何将我拖了进去?"贾琏见她到了此时依旧伶牙俐齿,不肯示弱,不禁心头火起,一把推开道,"你这泼妇,出了这门我便一纸休书打发了你。"

"你敢?!"

"住口!"左良成怒道,"你二人是将我这督察院大堂当作你家中的廊下炕头了么?既是对案情供认不讳,左右,与我撤去这妇人座席,叫她跪下说话。"

"谁敢碰我?"凤姐被撤了座席,心里发慌,口中却不肯服软。

"哼!"左良成冷笑一声,"你是有诰命傍身还是有王命护体?"旁边几名差役闻言一声断喝:"跪下!"吓得凤姐"扑通"一声跪倒在地。左良成道:"叫她画押。"两名差役不由分说按着凤姐画了押,拖了下去。贾琏心想,自己一人在此,势单力薄,好汉不吃眼前亏,先设法脱身再说,当下作揖道:"拙荆咎由自取,亦怪晚生管教不严,晚生回去定当日日反省。若无别事,晚生便告退了。"

"急什么,琏二爷?"左良成笑道,"府上内宅之事已了,该见见故人了。"

"故人?"贾琏奇道,"何人?"

"来啊!"左良成道,"带上来。"

差役应声拖了一人进来,贾琏定睛一看,顿时吓得魂飞魄散。此人正是平安州节度使帐前督军张如圭。张如圭抬头见是贾琏,苦笑一声道:"二爷,小的不过是个跑腿的,所知亦有限。令尊与平安节度使之事,还请二爷将详情细细说与诸位大人吧。"到此境地,贾琏情知大势已去,想也不必再叫皮肉吃苦了,便跪下向上道:"大人有什么要问的问便是了,晚生知无不言,言无不尽。"

不一时,贾琏便在供词之上签字画押,差役送入监内。贾琏环顾四周,空无一物,唯墙角有一堆蒲草而已。贾琏只得往蒲草堆上坐了,折腾了这些时候,委实困倦了,不一会竟倚着墙角昏昏睡去。忽听"咣咣咣咣"敲打铁门之声,贾琏睁开眼,有一差役从铁栅栏间递进来一只碗,又舀了一勺子稀粥倒进碗里,大声道:"开饭了。"贾琏顿觉腹内肠鸣,摸出怀表凑近门外墙上挂着的油灯看了看,已是午时。贾琏高声唤道:"差官,差官,劳驾,劳驾!"差役过来没好气道:"不许大声喧哗!"

"小哥。"贾琏对那差役招招手,见他近前捧了几两碎银赔笑道,"劳驾小哥帮我递句话出去。"那差役过来,看了看贾琏手上的银子,为难道:"琏二爷,不是我不肯帮忙,实在是上头早已交代明白,你老的事情尚未定性,谁敢走漏半点风声,便是拿自己的身家性命犯险呢!"贾琏略一沉吟,笑道:"这个小哥留着买壶酒喝,我也不强人所难。若方便时便同守在衙门外的我家里的仆人说一声,叫他们不必守在外头了,回去告诉老爷,就说我一时半会儿的恐回不去了,人却平安,平安。"

那差役听了,犹豫了片刻道:"若只这句话,我倒是可替你传到。"

贾琏拱手道:"如此便先谢了。务必说我虽回不去,人却平安,好叫家人放心。"说罢复伸手将银子递与差役。那差役扭头四顾无人,这才伸手取了银子袖了,想了想对贾琏道:"二爷且稍候,我去给你老拿两个馒头来。"不一时回来,从怀中拿出两个白面馒头递与贾琏。贾琏接了,说了声"多谢",待那差役走了,这才回头看那地上放着的粥碗,清澈见底,不见一粒米。贾琏见那碗看着实在腌臢,便又放下了,又看了看手里的两个馒头,还算干净,便拿手掰了一小块放进嘴里,却是难以下咽,有心吐了,奈何肠鸣阵阵,只得硬着头皮吃了半个,却又干咽难耐,只好走到铁门前叫道:"差官,差官。"差役闻声过来问道:"二爷何事?"

"劳驾小哥,可有茶水?"贾琏举了举手中的馒头,"实在是太干了。"差役伸头看了看地上的粥碗,笑道:"这不是稀粥吗?二爷您且将就着点。等你老的案子有个定论了,小的再帮您周旋,眼下真不敢多事,还请你老海涵。"差役拱了拱手:"对不住了,你老先委屈两天。"说着转身走了。

贾琏干咽了口唾沫,回到那蒲草堆上倚着墙坐下,长长地叹了口气,将昨夜之事一一在脑海中回顾了一遍,越想心里越没底。不知过了多少时辰,那差役又来送晚饭了,依旧是一碗清可鉴人的所谓稀粥,随后仍从怀中摸出两个馒头递与贾琏,伸手进来欲取走中午的碗,却见那碗稀粥一动未动,旁边还放着一个半馒头,不禁叹了口气道:"二爷,我劝你老好歹吃点。这俗话说'留得青山在，不怕没柴烧'，那几位比你先进来的爷开头的时候都同您一样，饿了两天这会子什么都是好的了。"

"哪几位爷？"贾琏眼中一亮，忙趁势问道。那差役一惊，忙道："这个小的可不敢多嘴，总之您老还是先保住性命才是头要紧的。"说完端了中午的碗走了。

贾琏站在门边想了想，狠狠心，端起地上的碗喝了一口，紧闭双眼咽了下去，口舌之间滋味难耐，但那稀粥到了腹中，肠胃却甚是受用。贾琏于是慢慢地一小口一小口地将两个馒头全都吃了，那碗粥亦尽皆喝了下去，整个人也觉着舒适了许多，靠着墙迷迷糊糊地又睡着了。忽听得"咣啷啷"一声铁门打开，差役又送进来一人。贾琏定睛细看，不禁大声惊呼道："老爷！"进来的正是贾赦。贾赦闻声仔细一看亦禁不住脱口道："琏儿！"

"老爷。"贾琏赶紧爬起来，将贾赦扶到蒲草堆上坐下。父子二人执手相看，默然无语，唯有泪千行。

却说贾政在家坐卧不宁，正焦躁处，又有小厮飞奔来报："老爷，老爷，一队差官直冲了进来，如狼似虎，说要拿宝二爷。"

"什么？"贾政惊道，"却拿他做什么？"话音未落，一队差官早已冲了进来。为首的竟是孙绍祖，见了贾政上前拱手道："二老爷，奉命来拿贾玑。公务在身，恕小侄礼数不周了。"

"且慢。"贾政道，"人人或皆有可拿之由，宝玉却有何事？"

孙绍祖微微一笑道："强奸母婢，逼死人命，可有此事？二老爷不是为此事还曾亲自动手家法惩治过么？不过人命关天，岂是区区一顿板子便可了事的？"孙绍祖说着收起脸上笑容，"是我等进去搜呢？还是请宝兄弟自己出来？"

贾政无法，只得请孙绍祖坐着稍候，叫人去唤宝玉。那贾环听说孙绍祖带人来拿宝玉，躲在门外偷听，吓得面色惨白，一溜烟跑回赵姨娘房里，来回踱步，不知所措。赵姨娘见贾环失魂落魄的样子，便凑过来问他原由。贾环吞吞吐吐地说了自己同孙绍祖来往详情，赵姨娘听了亦吓得魂飞魄散，坐了半晌，方道："报应，报应，这便是报应，这便是老天对他们的报应，与你何干？他们若不做，你便想说又从何说起？"贾环听了心下稍安，然终不踏实，自此再不敢去寻孙绍祖，轻易亦不敢往王夫人处去。

且说那甄宝玉来了,跪倒在地给贾政磕了个头,微笑道:"我等了许久了,如今总算安心了。多谢老爷了。"言罢起身便随孙绍祖等人去了。

贾政眼睁睁看着甄宝玉背影,一句话亦说不出来,老泪纵横。